這樣的女人可以愛，那樣的女人不能碰

蔡瀾◎著

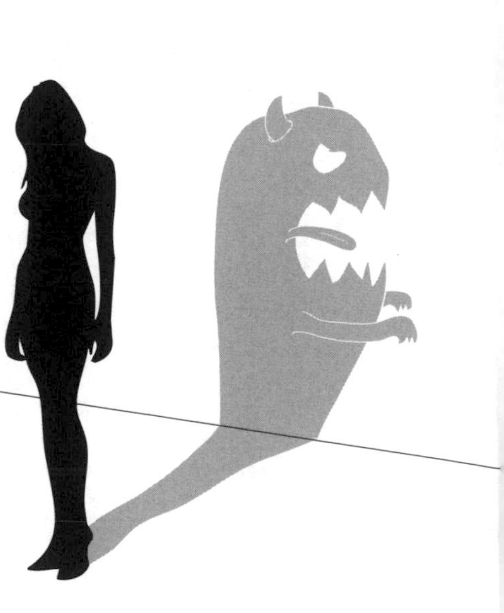

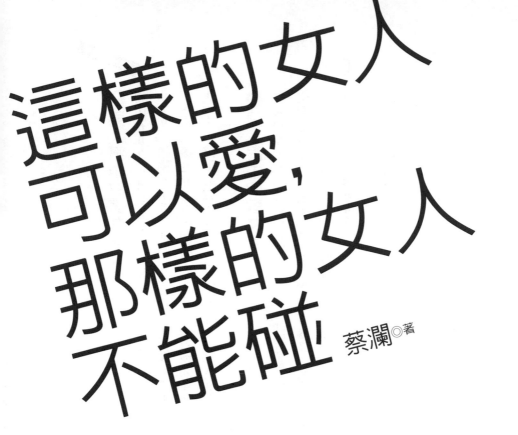

CONTENTS

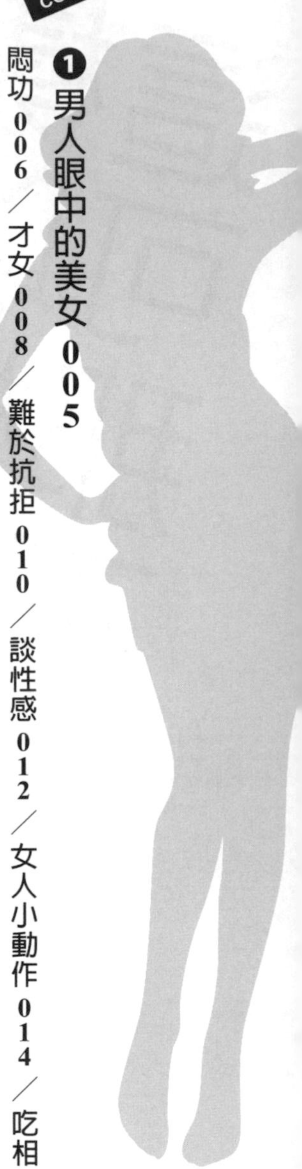

❹讓男人想逃離的女人 129

❺男人的真心話 177

❻男人這樣讀女人 215

1 男人眼中的美女

悶功

「你認識的女人中，哪一個最有氣質？」

曾有兩位記者小妹妹跑來做訪問。我一時也答不出。

氣質是一種抽象的存在，很難一眼看出。當然，有時會驚豔地感到走過的女人，真有氣質。但是，一坐下來和她們聊了幾句，即刻收回剛才的感覺。她們談的盡是什麼名牌車輛衣服，其他的一竅不通，外國演員、導演名字的發音都搞錯了，還談得上什麼氣質？

氣質應該是培養出來的，許多所謂很有氣質的女演員，起初入行的時候胖嘟嘟，只是後來愈看愈美，愈看愈順眼，跟著氣質就來了。但屈指一算，她們在電影圈中至少也浸淫了七、八年。

氣質的產生，是學習的精神，是進取的心態，沒有學問是不要緊的，但總要加上那麼一點點的幽默感。

看書可以加速。這個年代，並不要求四書五經，連《水滸》、《西遊》都可免了。

金庸武俠、倪匡科幻、亦舒愛情，卻非看不可。最後能看《紅樓》，已是可喜可慶。

再醜的女人，都能擁有氣質，當然多作怪的八婆不在此列。天下美女，若無氣質，只能當一夜伴侶，唯不可多吃，多吃生厭。而且吃完即刻要溜走，不然，她們會殺生，用的是悶功，悶死你為止。

才女

當代的才女，必須受過大都會的浸淫：上海、倫敦、巴黎等。用中文的，更非在香港住過一個時期不可，這裡是中國頂尖人物的集中地。

眼界開了，接觸到比她們更聰明的男女，才懂得什麼叫謙虛，氣質又提高到另一層次，這是物質上不能擁有的。

去美國也行，但只限於紐約。當然，紐約不應該屬於美國，她和歐洲才能搭配。即使不住紐約，最少也得生活在東部，像波士頓和英格蘭等，說起英語來，才不難聽。

最忌加州，那邊的腔調都是美國大兵式的，而且每一句話的結尾，全變成一個問號，聽起來刺耳，非常討厭，即刻下降一格。

除了這些大都會，印度、尼泊爾、非洲、中東、東南亞，甚至南北極，都得走走，學習人家是怎麼活的，懂得什麼叫精彩。

才女必須熱愛生命，充滿好奇心，在背包旅行年代，享受苦與樂。如果是由父母帶去，只住五星酒店，也不夠級數。

基礎應該打得好，不管是繪畫、文學、電影和音樂，都得從古典開始著手，根基才穩。一下子乘直升機，先會抽象、意識流、新浪潮和 Rap，以為那是最好的，就走入了歧途，永不超生。

時裝雖說庸俗，但也得學習。盡看當代名家，不知道古希臘人鞋子之美，也屬膚淺。首飾亦然，有時一件便宜貨，已顯品味。

愛吃東西，更屬必然，這是生活最原始的部分，不得不多嚐。試盡天下美味，方知什麼叫最好，因為有了比較。這麼多條件，一定要有大把金錢撒？那也不一定，有了勇氣，在任何環境下都能生存，從中學習。

說到尾，最重要的還是了解男性。從書本上當然可以吸取，但現實生活中，多交些異性朋友，不是壞事。濫交一詞，那是數百幾千年前的事，不必理會。有了這種豁達和開朗的個性和思想，才能談得上才女。不然，最多只是一個沒有品味的女強人而已。

難於抗拒

男人做起事來，很美。

一部電影的導演，在現場指揮各個部門的工作，每個人都有問題來問，他在做決定時發揮出來的魅力，女人看在眼裡，都要傾倒。雖然，這個導演，樣子長得像一隻老鼠。

女人也一樣。

一個演唱會的統籌，燈光師打光不夠理想，她糾正。麥克風出了毛病，如何補救等等。一個個的難題冷靜判斷，發出又準又狠的命令，這時，她也很美的。

我既不是一個導演，又不是一個統籌，只是一個家庭主婦，美個屁，女人說。

廚房是妳們的現場，每天不同的菜餚，都那麼可口，是第一步了。

帶孩子出來，衣著整齊乾淨，對人有禮，已是成績。

辦公室中的白領，態度輕鬆，工作勤快，沒有人會討厭她。車頭插了白色薑花，與客人閒聊幾句的計程車司機，也惹人歡喜。

人類只要有好奇心，總是好看。

舉個例子，張艾嘉的祖母，七十多歲時來到香港，要我們帶她上迪斯可，看完覺得沒什麼，至到去了無上裝夜總會，她才嘖嘖稱奇。

她一生中所見所聞無數，美好的東西，她都接收。學習過程中，她得到了智慧，像她把家裡男人的舊領帶都收集，一針一線，將一條條領帶拼在一起，縫成一件燒菜時用的圍裙，令人嘆為觀止。

另外一個朋友的祖父，什麼東西都能修理，孩子們每個星期天盼望他的光臨，把破爛玩具搬了出來，雙手托著臉看他動手。

當然，古人說女子無才便是德這句話，非常迂腐，但也不無道理，少了一條筋的女人，嘻嘻哈哈愛笑的單純傻女人，也非常愉快，懶洋洋地瞇著眼看男人，也很難抗拒的。

談性感

「我要性感，我不要暴露！」小女明星說完，拚命地用兩隻手臂向內擠出一點點乳房，彎了腰，給拍照片的人看到她那很淺的乳溝。

性感和暴露，這令女人沒法搞清楚，像她這種姿勢，在幾十年前的水準看來，和三點都脫光，相同是暴露，貴賤也是一樣的。

單單是露了這麼一點乳溝，就是性感的話，那麼這個女人又是大錯特錯。

性感的定義並非那麼複雜：性是性慾，感是感覺，令到對方感到要和妳上床，就是性感，絕對不是露露乳溝就能做到的事。

瑪丹娜性感嗎？看她張開大嘴巴，全身肌肉收緊僵硬的姿勢，嚇都嚇死了，哪肯和她做愛？所以不性感。

夢露性感嗎？她一臉金髮白癡相，除了做那件事之外什麼都不懂，所以性感。

葛麗絲．凱莉性感嗎？她高貴，她美麗，她豐滿，但是太過端莊，給人一個拒之千里的感覺，所以不性感。她唯一性感的時候，是和卡萊．葛倫演《捉賊記》的時候，當時她私下愛上這個男人，眼神是淫蕩的。

所以說，性感在於眼神，不在於胸部和屁股。一個女人，當她的眼睛在說：「我要把你吞下去！」──最性感。

女人小動作

說起小動作，女人有好幾樣，男人特別喜歡看；像梳著她們長髮時，的確令男人看得入迷。

有時，她們會輕輕地把遮在臉上的頭髮撥一撥，也是挺美的，不過這個動作，已有很多男同志會做了。

女人可以一心數用，雙手打髻，口中又含著髮夾，用牙齒打開。洗頭時的種種手勢，接著揉乾，用毛巾捲起來，往後一揪，變成一個帽子，有趣得很。整理衣物時，她們還會利用到下巴，把褲腳夾住，雙手摺疊，真佩服她們的本領。正在感嘆時，她們覺察了凝視，問說：「有什麼好看的？」

回到家裡，把衣服脫了，換上一件鬆身的T恤，女人感到很舒服。最奇怪的是她們不是除乳罩，而是把T恤穿上後才做這件事，像魔術師一樣，雙手左插右插，一下子把胸圍從袖口拉了出來，令人嘆為觀止。

遇到沒有吊帶，鐵釦又是太緊的，男人怎麼想解也解不了。這時她們嫣然一笑，把釦子從背後一百八十度地轉到胸前，再巧妙地打開，也是男人不能預料的事。

不過，遇到急性子的男人，還是會一下子從上面扯下來，雖然乾脆俐落，但是情趣就少了很多。

女子已少穿單腿絲襪了，不然除下的動作也煞為好看，尤其是雙腿互擦時發出沙沙的聲音。當今流行的整件雙腿褲襪，實在不夠優雅。

女人也不明白脫衣服時供應的視覺，對男人來講是多大的一種享受。她們永遠先用一條大毛巾把身體圍起來再做這件事，最笨的，還要伸手去關床頭燈，但也不必擔心，多幾次後，就會改正。

吃相

活了一把年紀，依經驗的累積，學會了看相。中國的命運風水學說，也不都是依靠統計學而得來的嗎？

面相也許看不準，但是吃相卻逃不過照妖鏡的，從吃一頓飯，便能觀察對方是怎麼樣的一種人。

吃西餐時不會用刀叉，大出洋相的，並非沒有教養，不習慣而已。印度少女用手抓食物進口，也煞是好看，這是她們的風俗，我們把話題集中在吃中餐吧。

大夥一起吃飯，自己先夾雞腿，是不應該的，父母那麼教導，但是當今雞肉已不值錢，整碟上桌，沒人去碰它。但是不吃不要緊，如果拿筷子去撥弄一番，最後又不吃的人，好不到哪裡去。

先吃最好的部分，現在只能用螃蟹來做例子，來一盤花蟹，大刺刺地先將蟹鉗吃了，而不留給朋友享用，這種女子，多數是非常自私。

面前碟子夾了一大堆食物，而不去動的女人，是個貪心的女人，損人而不利己的女人。

暢懷大嚼，吃得滿嘴是油的女子，屬於豁達型的。她們很豪放，又來得個性感。

東不吃西不吃的，顯然對自己的身體一點信心也沒有。這種女人，諸多挑剔，絕非理想對象，避之大吉。

為雙親健康許願，不吃牛肉的，將會是終身良伴。

為了達到個人目的，同樣不吃牛肉的，這表示她們做人沒有信心，唯有利用宗教之名迫神明和自己達到願望，有點不太正常。

什麼都吃，對沒有試過的食物更感興趣，一點也不怕肥膩的女人，是個好女人，絕對錯不了。

瘋癲

蘇先生蘇太太參加我們的旅行團多次。蘇太太很有氣質，笑咪咪地，貴婦人一個，蘇先生雙頰通紅。吃飯時總自備威士忌，把它用一個小礦泉水瓶裝著，方便攜帶，喝酒能像他一樣喝到八十二歲，就發達了。

蘇先生一看到有什麼不合水準的服務，即刻提出意見，他的要求甚高，因為年輕時早見過世面。我一一接受，看我聽話，他那瓶威士忌喝不完時，就打賞給我。我也到處替他找蘇打水，從前威士忌兌蘇打，日本人叫為High Ball，當今都只會兌水不賣蘇打了。

早上吃自助餐，蘇先生一屁股坐下，打開報紙，等蘇太太拿兩個碟子的食物回來，老人家才動手。我們看了好生羨慕，蘇先生舉高了頭：「教導得好嘛。」

蘇太太才不理會蘇先生扮威風，照樣笑咪咪地，其實她看人生看得最透，一切也沒什麼大不了。她還會自嘲，用端莊的書法寫了「一個女人十段風味書」給我，照錄如下：

一、十歲之前，風風趣趣。
二、二十歲之前，風姿綽約。
三、三十歲之前，風度可人。
四、四十歲之前，風華絕代。
五、五十歲之前，風情萬種，
六、六十歲之前，風韻猶存。
七、七十歲之前，風濕骨痛。
八、八十歲左右，瘋瘋癲癲。
九、九十歲，風燭殘年。
十、到了一百歲，風光大葬。

我看了笑得從椅子上跌地。十個「風」，除了「瘋瘋癲癲」的「瘋」不用「風」字，倒認為女人不必等到八十歲，從小瘋癲到老，才是女性竹林七賢，才是雌性寒山拾得。女人無理取鬧時十分難以忍受，偶爾的瘋癲，很可愛的。

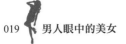

長髮

長頭髮的女人，實在好看。

面容如何，先不去談它。長髮女子不但使男人一見鍾情，點點滴滴加起來的一種美態，令人沉迷，不能自拔。

第一個動作，她會把頭髮鈎在一隻耳朵的後面。真是奇怪，一邊露耳，一邊髮遮，才能成型。蠢女人兩邊耳朵都張開來招搖過市，就俗氣薰天，無可救藥。

第二個動作，頭髮被風吹亂，把頭大力一擺，即刻整齊。

第三個動作是加強第二個動作的，乾脆把頭垂下，讓頭髮完全散開：再仰首，令頭髮飄在肩上。女人在梳完頭後也常做這動作，使其生動自然。

談到梳頭，長髮女郎會抓著自己的頭髮，左邊梳梳，右邊梳梳，很少兜頭由前額梳上到後面去的。

將長髮結成馬尾時，雙手忙碌，把髮夾或橡皮圈咬在嘴上的動作，煞是美妙，這時她的胸部必然挺起，雙臂露出，更顯得是百分之百的女人。

至於長髮女人在洗頭時的各種美態，更是不能一一形容。以毛巾揉乾頭髮，已是天下最性感的一回兒事。

冷氣汽車的發明，對長髮來講，是一大罪過。當年開著玻璃窗，強風吹來，少女長髮撲面，微微的刺痛，加上一陣陣的清香，讓人隨時可以死在她懷抱的感覺，已不再。

更大的罪過是《羅馬假期》的赫本。自從她的出現，世上少了多少個長髮女郎！現在在銀幕上和電視機裡，男人狀的短髮女子居多，這也許是想學做女強人的低能辦法之一吧。

《霸王妖姬》這個聖經故事裡，參孫的長髮被剪去，變成軟弱，這算不了什麼。女人剪短了頭，失去的魅力，較之參孫，悲哀得多。

當今好不容易發現一個長髮披肩的背影，一轉頭，是男人。

唉！

小蠻腰

看女人，先看哪裡？

當然是腰。

女人的腰部，是她全身最美麗的地方。

臉上的美醜，因日久生情或生厭，已不是重要。胸部嘛，能夠打針，誰知真假？

只有腰，騙不了人。

腰，增之一分則太粗，減之一分則太細。腰太粗的女人，樣子像個火柴盒，前面後面多了三塊肉團罷了。腰太細的女人，像要隨時折斷，病態十足，不能引起男人的興致。

多數女人的腰，毛病出在太長，腰一長，腿即短。也有高腰腿長的例子，但為數極少。如果發現了一個，已是奇珍異獸，必視為寶貝不可。

古人常以蛇一般的腰來形容，到底喜歡蛇的人並不多，是極不恰當的。小蠻腰倒是一絕。蠻，生番也。生番好動，言下之意，令人想入非非。

西方女人的服裝，自古以來都注重腰部。《亂世佳人》裡黑人女傭為主角搏命纏腰的畫面，印象猶新。我們的旗袍也不遜色，雖包得緊緊，也一望無遺。

發明比基尼的人，絕頂聰明，他突出了女人最應該被欣賞的部位，怎麼不給他一個諾貝爾獎？

埃及的肚皮舞，哪裡是看舞孃的肚皮？當然是看腰。腰部能那麼千變萬化地劇烈運動，看得令人眼花繚亂，嘆為觀止。

夏威夷的草裙舞也特別誘人，以慢步開始，隨著纏綿的音樂扭呀扭呀。節奏快了起來，不停地衝撞，到了高潮，忽然，一切停頓，是很高的境界。

韓國的打鼓舞，舞孃裙子極大，又穿得密密實實，哪看得到腰？但是打鼓舞的精華出在舞孃把腰折斷式地向後彎曲，敲打她背後的大鼓，沒有特異的腰力，豈能做到？實在妙不可言。

到底最優秀的是芭蕾舞，印象深刻的是看俄羅斯的烏蘭諾娃跳《天鵝湖》，五、六十歲的老太婆，腰還是那麼細，遠看之下，是位十七、八的小姑娘。

是的，腰要不斷地運動，才能保持纖細。一個女人細腰的年數並不很長，十五到二十五這十年罷了。尤其一生小孩，即刻變粗。最佩服一些外國影星，兒女成群還能穿比基尼示眾。這一點，東方女子比較差勁。

當然攝影技術能夠幫助許多，名攝影家時常教女子把手臂遮住腰部，要不然就以反差較強的燈光去消除她們一半的腰。到底，腰是最難藏拙的。

腰的一部分，叫肚臍。這個名稱實在太過人體解剖化。肚臍，多難聽！

肚臍應該叫做腰眼，它是整個腰的面目。每一個女人的腰眼乍看之下沒有什麼分別。但是仔細觀察，的確像眼睛，人人不同，有些很美，但是大美人王菲的腰眼就不敢領教。

與腰有重要關連的是小腹。十個女人有九個的小腹是微微地鼓了出來。平坦的小腹和腰一樣，也是女人最美的地方之一。小腹可以鍛鍊的，經適當的運動，過程並不難，但大多數女人不肯下工夫，只是在照片中以呼吸來收縮，這種狀態維持不久，一放鬆即刻像懷孕四個月。女人通常在不注意時露出醜態，池邊坐下，腰和小腹之間出現一道很深的黑線，像要把兩者斬開。

小腹之下，便是腿了。奇怪的結論，腰細的女人，多數小腿修長，少有例外。一般人的印象，腰是在人體的中間，把頭、胸部分上層；小腹、屁股和腿裝在下面。要是一個女人長得這般上下分明，型態一定醜死人了。頭、胸應該只占人體的三分之一；腰以下，是三分之二，才合最基本的標準，任何多過或少過這個比例的胴體，都不能算是出色的。

還是懷念從前的日子，我們在開派對或上夜總會跳舞時，接觸女性的第一個部位，除了手之外便是腰了。探戈、華爾滋、狐步，男人的手托著對方的腰，領導她們向那一個方位旋轉，女人穿上什麼衣服，都能感覺得到腰的粗細。可憐的迪斯可，什麼地方都沒碰過。

老是談腰，怎麼不聊聊女人的臀部？比起腰，屁股當然是次要，誰喜歡腰粗的女人？臀的大小，則各有所好，有的人偏愛大屁股，他們說從後面看去，圓渾渾地實在誘人，但是腰不細，怎麼顯得出屁股大呢？喜歡小屁股的又說干腰何事？唉，道理簡單得不能再簡單，小屁股的女人，腰應該更小。否則整個身子直不攏通，又如何談得上美感？而且，屁股大小的嗜好，常因男人本身之偉大或渺小而造成，與美感無關。

一位友人也常欣賞女人的腰部，把許多外國雜誌上的圖片拿來和太太研究。

「唉，妳看，這些女子的身材多麼漂亮，乳房、腰和屁股，長得那麼地相稱，應該大的地方大，應該小的地方小。每一個部分都不長在一起。」他感嘆。太太聽完之後懶洋洋地反問：「當然每一個部位都不長在一起，你看過乳房、腰和屁股長在一起的女人？」

「看過，妳就是。」友人心中說。

但還是欲語還休，以靜默收場。

高跟鞋

外國人都罵中國人讓女子纏腳的野蠻；他們的女人，自動獻身穿高跟鞋，穿得腳都變形，豈非犯賤？

女人小腳，我想我是接受不來的，但穿高跟鞋的女人的確好看，要是她們的腿是修長的話。愈高大的女人，愈應該穿高跟鞋，讓那些矮男人去死。

專家研究的報告說，穿高跟鞋會令女人患種種疾病，最為嚴重的是性格分裂，哈哈哈，性格分裂的女人很好玩呀，要是不娶做老婆的話。和她們交往，等於同時認識兩個，多好！

凡事過分了就不行，高跟鞋並不需要天天穿，一天從早穿到晚。出席宴會時、和男朋友相約時穿好了，誰叫妳穿出病來？

曾經與穿慣高跟鞋的女子歡樂過，見她們露出了畸形的腳趾，即刻反胃，寧願她們連做那回事時也不脫下來。

高跟鞋，最多也是到三吋為止，四、五吋的玩ＳＭ的那種，一點也不美觀，女人穿上，等於自暴其短，絕非淑女。

中國女人身材的缺點，在於腰長腿短，以為穿高跟鞋可以補救，其實大錯特錯。試想一個矮冬瓜穿上一雙四吋高的，是怎麼的一個醜態？洋妞的腰短腿長，才有資格。

走起路來一跳一跳地，乳房和屁股跟著晃動，高跟鞋讓男人有很多性幻想，發明者應該得到諾貝爾獎，雖然三千年前還沒有諾貝爾獎。

但是一切露出來的東西都比不上隱藏著的，曾經看過長髮的越南女子，一身單薄的白旗袍，開衩處也看不見小腿，給一件香雲紗的黑膠綢包住，咦，腿怎麼那麼長？原來裡面穿了一對高跟鞋，簡直是絕品。

女強人也可以用同一個方式，穿西裝長褲，再來高跟鞋，可惜她們的品味多數不高，只肯在著迷你裙時穿，大腿小腿的兩團肥肉比豬的還粗。噢，學廣東人說：冇眼睇。（註1：此句話有「看不下去了」的意思。）

談美女

有人問我，你寫那麼多關於女人的東西，那你心目中的女人是什麼？

我一回答，即刻被眾人罵：哪有那麼好的女子？

罵多了，我學乖，再也不出聲。但心中想想，又不要花錢，又無冷言冷語，總可以吧？正在發癡，又被人責備腦中的綺念。

好，就舉明朝人對美女的看法吧，要罵，你就去罵明朝人，和我無關。

他們的美女，有下述條件：

一、閨房

美人一定要住好的地方：或高樓、或曲房、或別館村莊。房內清楚空闊，摒去一切俗物，中置清雅器具，及相宜書畫。室外須有曲欄紆徑，名花掩映。要是地方不大，那麼盆盎景玩，斷不可少。

二、首飾衣裳

飾不可過，亦不可缺。淡妝濃抹，選適當去做好了。首飾只要一珠一翠，或一金一玉，疏疏散散，便有畫意。

服裝亦有時宜：春服宜倩、夏服宜爽、秋服宜雅、冬服宜豔。見客宜莊服、遠行宜淡服、花下宜素服、對雪宜麗服。

衣服大方，便自然有氣質。

三、選侍

美人不可無婢，描花不可無葉。佳婢數人，預修清潔。時常教她們烹茶、澆花、焚香、披圖、展卷、捧硯、磨墨等等。

為她們取名的時候絕對不能用什麼玫瑰、牡丹等俗氣的字眼，可叫她們為：墨娥、繞翹、紫玉、雲容、紅香等文雅的名字。

四、雅供

在閨房的時間長，所以必須有以下的傢俬和器具：天然椅、籐床、小榻、禪椅、香几、筆硯、綵箋、酒器、茶具、花瓶、鏡臺、繡具、琴、簫和圍棋。

如果有錦衾紵褥、畫帳繡幃那就更好，能力辦不到，布簾、紙帳亦自然生趣。

五、博古

女人有學問，便有一種儒風，所以多看書和字畫，是閨中學識。

共話古今奇勝，紅粉自有知音。

六、備資

美人要有文韻、有詩意、禪機。

七、晤對

喝茶焚香，清談心賞者為上。

喜開玩笑好玩者次之。

猜拳飲酒者為下。

八、神態情趣

美人要有態、有神、有趣、有情、有心。

唇檀烘日，媚體迎風，喜之態；星眼微瞋，柳眉重暈，怒之態；梨花帶雨、蟬露秋枝，泣之態；鬢雲亂灑，胸雪橫舒，睡之態；金針倒拈，繡榻斜倚，懶之態；長顰減翠，疲臉銷紅，病之態。

惜花愛月為芳情，停蘭踏徑為閒情，小窗凝坐為幽情，含嬌細語為柔情；無明無夜、乍笑乍啼為癡情。

鏡裡容、月下影、隔簾形，空趣也。燈前月、被底足、帳中窗，逸趣也。酒微醺、妝半卸，睡初回、別趣也。風流汗、相思淚、雲雨夢，奇趣也。

明朝人還加以註解說：態之中我最喜歡睡態和懶態。情之中我最愛幽與柔。有情和有心則大可不必了。我雖然不忍負心，但又不禁癡心。不過來個緣深情重，又是件糾纏不清的事。

所以我說，大家相好一場之後，到頭來各自奔前程。大家不致耽誤，你說如何如何？

以前的袁中郎是個聰明人，他在天竺大士之前說過這麼一句話：「只願今生得壽，不生子，侍妾數十人足矣。」

九、鍾情

王子猷把竹叫為皇帝，米芾將石頭稱呼為丈人。古人愛的東西，尚有深情，所以對女人，也非愛不可。

她們喜悅的時候暢導之。生氣時舒解之，愁怨時寬慰之，疾病時憐惜之。

十、招隱

美女應該像謝安之屐、嵇康之琴、陶潛之菊。有令到男人能有她相伴而安定下來的魅力。

十一、達觀

美人對性的觀念應該看得開，好色可以保身，可以樂天，可以忘憂，可以盡年。

十二、及時行樂

美人在每一個階段都好看。至到半老，色漸淡，但情意更深遠，約略梳妝，偏多雅韻。如醇酒、如霜後橘、如名將提兵，調度自如。

香肌半裸、輕揮紈扇、浴罷共眠、高樓窺月、闌珊午夢等等，神仙羨慕之聲。此時夜深枕畔細語，滿床曙色，強要同眠（註：美女又要多來一次）。

花開花落，一轉瞬耳，美女了解此意，故當及時行樂也。

醜女

看美女是我的職業。

像當店的學徒，起初，什麼都不懂。做學徒怎能升為老師傅？很簡單，將貨比貨。好的和壞的一比，當然知道是頭等、次等。久了，便成為專家。

現在看女人，一眼望去，從頭到腳，仔仔細細，絕不遺漏。

換個長鏡頭看特寫，割過雙眼皮、弄高了鼻子、裝了下巴；或是本地手術，還是在東洋開刀，即能分辨。

隆胸也不難看出，要是對方肯露一點點的話。隆了胸的女人，絕少不展示一番的。多數形狀就不自然，最明顯的例子是，躺了下去還是挺著的。

腰不能假，露臍裝最能暴露缺點。女人腰一粗，即打折扣。

修長的腿即增分數，腿也不能做手術，從前有個日本整容醫生說過：「要是我可以在腿上做工夫，早就發達。」

屁股就騙人，現在有種厚得不得了的底褲來偽裝臀部。

時常有人問我：「你認為最漂亮的女人是誰？」

我不敢回答。怕得罪天下自以為美女的雌性動物。

長得清清秀秀、乾乾淨淨的，都是美女。只要看得舒服的，都是絕品佳人。

這種女人，多數是你的母親。老婆看來看去，總覺平凡。

醜女人當中，只要有可愛的個性，看得多了不生膩的話，都能變為美女。尤其是當你生病的時候她勤加照顧。

被公認為最漂亮的女人，接受訪問的話，答案全是一樣：「我最美的應該是我的氣質、我的性格。面貌只是一部分我媽媽，一部分我爸爸。你稱讚我漂亮的地方，完全不是我自己的東西，有什麼可以值得驕傲？」

醜女人聽了，做人應該有自信吧。

接受

舒淇的化妝品廣告到處可見。很顯然地，大家已經接受了她。

是呀，她也是演脫衣服的三級片出身的，脫衣服又何妨？三級片又何妨？

完全要看演員本身的自信。

舒淇工作時全神投入，本人個性開朗，和她聊天，總有清新的感覺。那青春氣息，又迫人而來，很難讓人對她有抗拒。就算她做盡天下壞事，還是有一份真。

那時，我們一共只見過三次面。第一次是文雋約打麻將，說搭子有個舒淇。一看，才知道是個女的，我還以為文雋說的是影評家那位。

打錯了一張牌，呱呱大叫，拚命罵自己，這就是女舒淇了。

第二次上我的清談節目，事後的調查報告中說，她給人的印象最深。

第三次是我一個在日本留學時的同窗，到巴黎去流浪了十幾年，成為名攝影師，他辦了一本時裝雜誌，找明星做封面。我介紹了舒淇，只給他兩小時拍照和做訪問。結果舒淇自動地把時間騰出來，約好翌日再好好地拍過，因為和我那友人的談話中，她了解他的誠意。

我監製的那部《B計劃》也找了舒淇演女主角，造型和試鏡時我不用出場，我知道她一定行的，一切交給導演抓主意好了。另一位純潔可愛的是李麗珍，後來嫁人生子去了，我對她的印象也極佳，要是她留下的話，在影壇也有更輝煌的成績。多少好萊塢大明星都不認為脫脫衣服有什麼了不起。如果她們說要洗底，西方的報章還會以為她們神經錯亂呢。

香港觀眾的水準並不高，其中跟風和聽信謠言的大有其人，本來有點失望，但是另一方面卻能接受舒淇，可見胸懷比其他東南亞地區廣闊得多，是值得稱讚的。

劉若英

喜歡一見不是美豔，但愈看愈耐看的女人，中國方面有徐靜蕾，來自臺灣的，是劉若英。她們的共同點是都有理想，智慧又高，除了當演員，還在其他多方面發展。

劉若英的《我想跟你走》，大田出版，一口氣看完，像一個新朋友，把身世向你娓娓道來，感到親切。

一般臺灣作者的文字都太過冗悶，一句話用了二、三十個字也不斷句，劉若英的沒有這個毛病，清新可喜，內容又可讀性極高。

從她的老家搬遷的事講起，到她兩歲時就已離婚的父母，其中出現了不少令人沉思的話：在一起的時候，需要兩個人做決定；分手的時候，只需要一個人。什麼都沒有發生，同時什麼都無足輕重；然後你發現，原來生命就是如此……

對父母的離異，作者並不帶苦澀，小時還有點誤會，長大了深切了解，又因為劉若英，讓父母偶爾走在一起，她看到了，像小孩子一樣頑皮地：「吼——約會被我抓到！」

描寫婆婆不肯丟掉一生的回憶、老管家的惡毒，和祖父秘書的忠心，人物都活生生，令人感動。寫友人的遭遇，拍成電影《生日快樂》。

有些女作者也記載過身邊的人物，但是讀者不關心，認為這是你家裡的事，但從劉若英的文字中看到，就受感染，這是為什麼？完全是因為她的一份真摯，毫不造作。能講的就講，不然就輕輕帶過，像描寫自己的戀人，篇幅不多，講到自己的事業，演唱方面多過演戲，開始出道時的惶恐和焦急，都看得引人入勝。宣傳時攝影師要她少穿一點衣服，老闆要她提供花邊，但劉若英心甘情願地做一個「隱形藝人」，也堅持自己的原則。

張艾嘉選這個徒弟，眼光獨到，她們都是慢熱的，都很有氣質，並不一炮而紅，但在藝術生涯中，可以走得很長、很遠。

對談

我常說人的高低，從談話之中即能分別出來。今天重讀張愛玲和蘇青的訪問，更覺得我的話沒說錯。

有個記者約了她們對談，地點在張愛玲公寓，討論的是職業、家庭和婚姻的問題。一開始，蘇青就滔滔不絕發表她的理論，說職業婦女太辛苦了，沒家庭主婦那麼舒服，在外工作之餘還要操家務，男人還要千方百計去搶她們的飯碗。

張愛玲聽了只是簡單地說，社會上人心險惡，本來就是那樣。

蘇青又說一大堆話來支持自己的論點，張愛玲淡淡地：「我不過是說，如果因社會上人心壞而不出去做事，似乎不能接受現實。」

蘇青再訴苦一番，又說職業婦女的丈夫會被喜歡打扮的女人搶去，豈不冤枉？

張愛玲說：「可是妳也和我說過，常常看到有一種太太沒有腦筋，也沒有吸引力，又不講究打扮，因為自己覺得地位很牢靠，和這種女人比，還是職業婦女可愛一點。和社會上接觸多了，時時都警醒著，對於服飾和待人接物的方法，自然要注意些，不說別的，單是談話資料也要多些，有興趣些。」

關於金錢，蘇青認為用別人的錢快活；張愛玲說不如自己賺來的花得那麼痛快。不過用丈夫的錢，如果愛他的話，那是一種快樂。

蘇青又批評那些搶人丈夫的女人都不做事，張愛玲說：「有些女人本來是以愛為職業的。」

蘇青說這對兼顧家務和工作的女人不公平，賣淫制度不取消，會影響到婚姻。張愛玲說：「家庭婦女有些只知道打扮，跟妓女其實也沒什麼不同。」

講到家庭和孩子，蘇青長篇大論，還是張愛玲聰明，她沒經驗，不出聲。

綺拉．奈特莉

美女看得不少，能夠令我們眼前一亮不多，近來只有英國的綺拉．奈特莉。

也許你不記得，她就是《神鬼奇航》那個女主角，也在《愛是您．愛是我》裡演過一段戲的美少女。處女作是《我愛貝克漢》。

美是一回事兒，香港影壇也出現過一些，但就是沒有氣質，戲裡還很好，一接受電視訪問，那種沒知識的內容和咬牙切齒的表情，一看就嘔心，即刻漏出一個騙人的軀殼。就算你每天和這種所謂的「美女」在一起，言語無趣，悶都悶死你。

綺拉．奈特莉不同，父親是個舞臺演員，母親為劇作家，她從小在演戲界浸淫，又拚命讀書，在十九歲時，已被好萊塢認為是一個寶藏，前途無量，但她並不自傲。

「我和我父母很親近，」她說：「從小就想學他們做的事。這是理所當然的，反叛來幹什麼呢？他們教我做事要勤力，做人要謙虛。我相信我的父母，照這條路去走，沒錯。」

新戲拍完一部又一部。《亞瑟王》曾是暑假重頭戲，後又拍了一部叫《戰慄時空》

的，演一個酗酒的女人。

經理人把她塞到導演手裡時，導演把她叫來，向她說：「妳會演戲嗎？」

綺拉・奈特莉回答：「你這問題問得好。我也不知道我會不會演呀！」

通常一下子紅透半邊天的新人，一定擺架子，遲到早退，但她一點也沒有這種壞習慣，一心一意想當個好演員。

到了聖誕節，父親送她的禮物是一些關於演技的書。

「他一直提醒我還是很不成熟。」綺拉・奈特莉笑著說，一點也不介意：「我是太年輕嘛，給我多幾年吧，我現在的確沒資格當一個演員。」

奈潔拉的噬嚼

許多著名的電視烹調節目，主持人都是男的。我最愛看的有基斯．佛洛伊德那個老者，去到哪裡煮到哪裡，謙虛、幽默，有見地，非常出色。

傑米．奧利佛始終經驗不足，雖然有點小聰明，但燒出來的菜不見得有什麼驚奇，他目前已由《原味主廚》那個小孩子，變成一隻大胖豬。

安東尼．波登的《名廚吃四方》很好看，什麼都吃，但是旅遊多過燒菜，他對自己的技藝似乎信心不大，很少看到他親自下廚。

女主持中，最有經驗的當然是茱莉亞．蔡爾德了，但她又老又醜，節目談不上色香味。

年輕的有鄺凱莉的出現，她戴沈澱霞式的黑白框近視眼鏡，身材也一樣肥，經常皺著八字眉，並非美女，燒的菜很接近馬來西亞的，也許是那邊的華僑，已移居澳洲，說話帶澳洲土腔，不是惹人喜歡的音調。

Discovery頻道中的《旅行與冒險》，後改成《旅行與生活》，著重了烹調節目。

除了上述幾位主持之外，當時還看到一個女的。

這女人大眼睛，一頭鬈曲黑色長髮、濃眉、皓齒，說話慢條斯理，講非常濃厚的貴族英語。衣著入時，但從不暴露，隱藏魔鬼的身材，四十歲左右，像一顆成熟得快要剝脫的水蜜桃，散發著不可抗拒的引誘力。

說起討厭的東西，表情帶著輕蔑不屑，可以想像到她有一副母狗式的勢利個性。這個女人，到底是誰？

上網，查Dicovery資料，別的節目主持人名字都找到，關於她的欠奉，已看得頭暈眼花。

只有在Google空格中再打入「TV Cook Show Host」，出現了天下烹調節目的主持人，一個個查閱，都沒有相熟的面孔。

正要放棄時，Bingo，照片裡出現了一個名字：Nigella Lawson，是她了！

用她的名字進入瀏覽器，乖乖不得了，約有十三萬九千個符合這個名字的網站。見笑了，原來是在英國的名門，曾當雜誌編輯，也是很多本書的作者和最受歡迎的電視節目《吃定奈潔拉》女主持。

Bite這個英文字用得很妙，可作小食、咬、劇痛、腐蝕、卡緊、鋒利等等解釋。

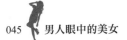

令人聯想到的是夏娃叫亞當咬的那一口蘋果，更貼切的是吸血鬼的噬嚼。女吸血鬼的身材永遠是那麼美好，相貌令人著迷。叫奈潔拉．勞森來扮演，一點也不必化妝。

奈潔拉出生於一九六〇，大學在牛津專修中古及現代語言，畢業後開始在《週日時報》寫文章，後來成為文學版的副編輯，繼續替各大報章和雜誌撰稿，又於《Spectator》和《Vogue》寫食評！

能平步青雲，除了自己的本事之外，家庭背景也有關係，她的父親尼格爾．勞森是前保守黨的第二號人物，柴契爾夫人的左右手。母親凡妮莎．薩蒙是巨富之女，社交圈名人。

主持了電視烹調節目後，奈潔拉風靡英國男女，節目更輸出到美國，影迷無數。奈潔拉燒菜的態度永遠是一副懶洋洋相，從不量十分之一茶匙調味品，節目在她家中拍攝，她看見有什麼新鮮的就煮什麼，悠悠閒閒。燒到魚時，她會說：「到魚販那裡，請他們將魚鱗和內臟清洗乾淨，自己做這些瑣碎事幹什麼？」

和其他女主持不同，奈潔拉燒菜時從不穿圍裙，也不會把長髮束起，又高貴又有氣質，她說：「我不是一個大廚。我更沒有受過專業訓練。我的資格，是一個喜歡吃東西的人而已。」

她的第一本書叫《怎麼吃：美食的喜悅和基本》，她在書中說：「用最小的努力來得到最大的快樂。」

接著，她寫了《怎麼做家庭女神》來提高家庭主婦的地位，書賣百萬冊。

和著名的電視主持人約翰·戴蒙結了婚，生下一男一女，這個女人應該很幸福才對，但九年後，她丈夫得喉癌死去，她一直生活在癌症的陰影中，母親四十歲死於肺癌，妹妹三十歲得乳癌去世。

曾經一度又沮喪又發胖的她，將悲哀化為力量，愈吃愈好，愈好愈瘦，她現在身材豐滿，但一點也不臃腫，如狼似虎的年華，發出野獸性的魅力。

「生命之中，總避免不了一些很恐怖的事發生在你身上。活著的話，不如活得快樂一點。」她說。

問她對食物的看法，她說：「食物，是一種令你上癮的毒藥。」

今後製作烹調節目，最好找這種又聰明又性感的女人。怎麼樣，都好過看老太婆呀。網中可以找到很多她的照片，聽英國友人說，有很多男士把它貼在廚房牆上，幻想自己的老婆是那個樣子。

言下之意

有些外國女人老得骯骯髒髒，但是蘇菲亞・羅蘭是個例外。看她出來宣傳她的兩本烹調書的照片，簡直可以再多用幾十年。

義大利女人一老就發胖，有些還長了鬍子，真是恐怖。

老友岳華曾經有過一個義大利老婆，她的青春容貌依稀記得，如果再在羅馬街頭碰上她，我想我會認不出，我想連岳華也認不出。

為什麼都發胖？食物中太多澱粉質，太多起司吧？那麼義大利男人老了，為什麼多數瘦的？給他們的老婆折磨得不成型呀，義大利還是一個不可以離婚的天主教國家。

年輕時，蘇菲亞的身材是一流的，那對豐滿的胸脯，簡直完美，曾拍過一張扮埃及人的裸照，記憶猶新。後來她的大製片家丈夫要收回，但怎麼收人家還是照樣翻印。

和亞倫・賴德合作的《海豚背上的小孩》一片，香港不記得是翻譯成什麼愛琴海之戀一類的片名，蘇菲亞一身薄衣，潛下水去尋寶藏，爬上船時衣服緊貼胴體。啊，比脫光了更是誘人。

當年她只是個外國紅星，若要打入好萊塢市場，當然得聽美國人的話。男主角剛剛拍完《原野奇俠》，紅到天邊，但只是個矮子，蘇菲亞高大，拍對手戲時站，男方爬上凳子，沒有問題，拍他們兩人在海邊散步，工作人員只好挖了一條很長很深的溝渠，讓蘇菲亞陪襯走在地面的亞倫·賴德。

「一個溫暖的家庭，」蘇菲亞說：「是花很多時間在餐桌上，烹調是愛的表現。」

記者問：「什麼比較有用呢？一個美麗的女人，一個聰明的女人，還是一個好廚子？」

蘇菲亞想了一會兒後笑說：「最先，是一個漂亮女人，最後是一個好廚子。」言下之意，聰明的女人不會燒菜，沒有用。

美醜

談到美女，先從我們熟悉的亞洲講起。日本是漂亮女人最少的國家，雖然大家在時裝雜誌或電影電視上看到許多鍾意的，但是平均起來，醜的居多。不相信你自己走一趟，在街上撞到十個女人，沒有一個看上眼的。

韓國不同，百貨公司、餐廳侍應，總有些好看的；臺灣也是，一下飛機，即能見到幾個舒舒服服的少女。

泰國女人分土著和華裔，後者皮膚較白，但是有些從鄉下來的，五隻腳趾，像葵扇般張開，也難討人歡喜。

越南女子長髮居多，在海邊散步，旗袍和褲子被風吹貼身，曲線明顯地露出，不管美醜，性感十分。

星馬的淳樸，但是恕我批評，稱上美麗的百分比還是低，開朗與健康的形象倒是有的。

印尼的身材多數嬌小，我並不介意她們皮膚較黑。

香港女人，好看的也難見，選美會中也許有一兩個過得去。一般來說還是醜的多，不過在大都會中，她們對衣著化妝要求甚高，補拙的工夫是做足了。

用什麼尺度來評定美醜呢？各施各法。以情人眼中出西施這句話來發展，那麼天下根本無醜女，至少，在她們的父母眼中。

女人

墨爾本的女人，占比率，較男人多。

凡是女人多過男人的地方，她們都不會無理取鬧。女人一少，花樣百出。女人一多，男人日子過得好一點。

當然，這裡也是平凡的女子居多，但美人也有一百人中出一個吧，已不算少了。不像日本，走幾十條街，還看不見一個美女。

青春氣息，薰人而來，有些樣子雖然普通的少女，胸前偉大，就算氣候涼得令人發抖，她們還是堅持穿很少的衣服。

有些白領，戴眼鏡，短頭髮，穿襯衫西裝，包得密實，但臀部聳高，翹著屁股走路，雖然什麼都看不見，悶騷得要命。

為我們找演員的公司，帶上來的，演技不錯，又會打，有幾個還當過動作片的女主角，可惜不夠美。其他行業，不漂亮不要緊，但是拍電影女主角不美，是致命傷。

隨便在街上拉一兩個美女來拍戲，又怕她們生硬，要花時間栽培，也是不能允許的。

妮可．基嫚也是澳洲人，不可能找不到一個又美又能演戲，還要會打鬥的女子吧。但是演員總要磨練，妮可起初並不那麼漂亮，到了好萊塢浸幾年才養成一點氣質出來。

如果不是為了拍戲，最好看的女人應該是那些在勞動的。這裡許多粗糙的工作，如建築工人、貨車司機、農場助手，都有女人在做。曾經看過一個搬運女工，手臂並不粗壯，但幾大箱東西抬著走。她的胸部臀部自然地發出誘人的力量。可能是我們東方人見得少，特別為之吸引。

和她交談，她說：「我們這裡，任何工作，女人都能參與。多少年來，都是這樣。美國女子拚命爭取婦權，和男女平等，我們看起來，覺得好笑！」

2 男人眼中的醜女

女人心

有些女人嘴上講得漂亮，說什麼男人在外邊逢場作戲也不在乎，只要不要給她們看到的話。

但是，每一個女人的嫉妒心都是極強，就算她們以為她們可以不怪自己的伴侶，也要另外一個女人的命。失去男人不要緊，丟了臉可是天大的一回事。

漸漸地，她們開始注意夜歸的男人的白襯衫上有沒有口紅印。找到了不得了，找不到又不甘心。

最可怕的是她們的幻想力，把丈夫們當是配種的豬。一個朋友由公司開會後回家，給他太太劈頭一問：「你到底是不是和那女人在汽車裡搞過？」

有時，在男人的外套上發現了幾條頭髮，便大興問罪，又哭又上吊地吵了一番後才被指出是她自己的廉價大衣脫了毛。

同一個女人每晚還有在她丈夫大衣找頭髮的習慣，最後實在找不到，她大嚷：「你竟然連禿頭的女人也要了！」

自殺的女人

日本紅女歌星自殺，一定鬧得滿城風雨。很多人想問：她現在要什麼有什麼，天下男人多的是，為什麼要自殺那麼傻？

在我的生涯中，也遇過幾個要自殺的女人，我的結論是她們為了愛自殺而自殺，並非什麼感情所困那麼單純。人有達觀和鑽牛角尖的之分，後者的個性不可理喻，很陰森和反常，她們一有不順己意的事，即刻天花亂墜地想到世人都看輕她們，包括自己的親人、愛人。哎呀，怎麼偏偏是我那麼苦命？

這種女人還有一個共同點，那就是輸不得，輸不起。她們為了要達到一個目的，會不顧一切地勇往直前，除非是中途折斷了，要不然一定給她們爭取到，所以她們的成功率很高。至於得到了之後，她們會不會快樂，又是另外一回事。

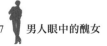

成功的過程中，她們損害了許多旁人，這也是愛她們的人要離開她們的原因，但是這些她們不會自覺，因為世人都是欠了她們的債。

疑心病極重的這些女人，什麼理想的東西都要破壞，她們最拿手的是創造自己的地獄，墮了進去之後不能自拔，最後的答案是：「我死了之後你才知道我是好的。」

女人要自殺，是現代人的一種病。殉情記，那麼美好，只出現在古小說和戲曲之中。

你想要做什麼？

年輕的時候，和女朋友接吻之後，手向胸部伸去。

「你想要做什麼？」她們尖叫。

目的多麼地鮮明！還要問想要做什麼？天下哪有如此蠢女人！

看電影，賊人衝進屋子，女主人尖叫：「你想要做什麼？」

天下哪有如此蠢編劇？但是現實生活中遇到這種情形，女人的確會這麼地問，編劇不過在反映事實。

男人和情人幽會，吃飯、跳舞、駕車送她回家。半路上，她忽然問：「你想要做什麼？」

總是那一回兒事呀！做什麼？

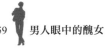

有時真想一刀把她們殺了，當你舉起巨刃，她們也當然照樣尖叫：「你想要做什麼？」

追根究柢，女人由原始的母性社會遺傳，她們必須統治。一定要清清楚楚地知道對方想些什麼，才能管理，所以這一句對白是她們天生俱來的，無可厚非。

男人只要一動，女的即刻反應：他下一步棋是怎麼走的？要是男人不出聲，那就不得了了，女人一哭二叫三上吊：「你是塊木頭，問話不會應嗎？」

女人並不明白男人需要思考的空間，在她們的眼中，男人不必想東西。任何動到腦筋的事，都由她們全權處理。她們當然知道自己想要做什麼，但是你呢？你沒有判斷的能力！

還沒問完問題，她們已經決定自己的答案：「啊，這麼晚了你還要上網看戲？」

話多是天性，喋喋不休，尤其是第一次和你上過床之後，總有說不完的往事。但是話說回來，不出聲的女人，是一個死女人。

她們也有為你犧牲，與你出生入死的例子呀！你說。

是，是，不過，請你別自作多情地以為她們是愛你，這只不過是她們要證明自己的偉大！女人，只在養幼兒的時候是最真的，男人當然要承認這一點，不然便變為罵親娘。

話說回來，如果你們當我們也和你們一樣，那也是大錯特錯。

女強人俱樂部

聽到「女強人俱樂部」，香港的商界女高層都想參加，但我要說的，並非她們想像中的那種。

這是一個叫「Belizean Grove」的組織，只有頂尖人物才能當會員，來自各大機構，有環保人士、科學家，甚至政治家。每年一次，她們集合在一些鮮為人知的度假聖地，討論和交流心得，令到這小圈子的人的財產更加增多、知識更豐富和擴大更強的權力。

不過，從它的名字，也可以知道她們也是向男人學習的。相同的組織，有個叫「Bohemian Grove」的，會員包括了艾森威、布希父子和尼克遜。

「女強人俱樂部」成員平均五、六十歲，她們都是XEROX、P&G、Nasdaq的主管，還有美國前高等法院的院長。

互相交換情報，拚命賺錢，支援有潛質的新秀，是她們的目的。

每年一次的集會，為期四天，吃喝玩樂之外就是在你我之間的基金上做投資。有了內部消息，更有進帳，這四天，只有女性才能參加，但是有沒有男人扮兔子服務，不得而知。

香港的女強人，想成為會員，門都摸不著。是她們來找你的，你找不到她們，只能羨慕。那一群人長得是怎麼一個樣子？大家很少露臉，也不知道，不過不可能是風情萬種的吧？要做女強人，第一個條件是放下其他的一切，一心一意向上爬。

我們樂得她們去拚命，自己在家裡做做菜，採一朵花插在耳旁好了，我一點也不介意身旁的女人是個女強人，但要是每次上床，對方都爭著上位，未免枯燥。

女強人並不討厭，討厭的是把雞毛當令箭的自以為是女強人的假女強人。

最新化妝品

以前看Bloomberg News國際新聞臺，有個女主播，樣子過得去，但我十分怕她，一看到就要轉臺。

為什麼？此姝的化妝真讓人受不了。

有什麼難看的樣子令人那麼討厭？就是那雙眼睛了。在眼角處畫了白色，以為這麼一來，眼睛就會更好看！

美你的頭！那簡直是兩堆眼屎呀！好像起身不洗臉，骯髒得不得了。

和我們拍電影時，男女主角潦倒，淪落為乞丐，蓬頭垢臉，化妝師一定在他們的眼角畫上白色的眼屎，同一回事。

女人一化妝，化得惡劣時，不如不化，一化了不是狐狸精就是攝青鬼（註2：躺在棺材中，臥在屍底七七四十九天不吃不喝而修練成鬼的半人半鬼，叫攝青鬼。），非常非常之恐怖，她們還洋洋得意，真是令看的人作嘔。

一般的毛病，是連假睫毛都不會黏，買來的那麼一排，就黏了上去，看起來像兩把牙刷或兩根梳子。這是懶惰的表現，凡遇到這種女子，一看就知道不肯努力，不求上進的，把假睫毛修整一下，不就行嗎？由長剪至短，有多自然是多自然，才是工夫呀。

更普遍的是只化臉部，連頸項也不去粉刷一下。拍的照片，像戴了一個能劇的面具。瞻仰遺容時，化妝師也會塗塗她們的頸項；活著時，自己動手吧！

懶人是沒有藥醫的，不管妳買的是什麼化妝品，SK-II、蜜絲佛陀，或者最昂貴的資生堂與La Prairie，都沒有用。

愈老愈塗得厚，是一個錯覺，應該相反才對。淡妝會留給人家一個清潔的感覺，很多女人都不知道這個道理。

有一天，當什麼灰水（註3：原意為裝修時用的抹平牆壁的液體；引申女人化妝擦很厚的粉。）都失去功效時，女人就會跑去整容，面皮愈拉愈高。有一個老笑話，說女人臉上長出了鬍子，原來連陰毛也拉上了。

當今有了新科技，有一次，我問一個女人，妳用的是什麼化妝品，她懶洋洋地回答：「Botox。」（註4：肉毒桿菌的藥物品牌名。）

整容

這世界上沒有醜女，再難看的女人，也會在她生命中某個階段顯出光輝，感染男人愛上她們。

但是，女人信心太弱，尤其是對她們的尊容，所以要花錢請整容師傅在她們臉上做手腳。

什麼叫做美人呢？古書上說瓜子臉就是美人，好了，女人先要一個尖長的下巴，整容師用尺一量，中心點在那兒，注射一針。第二天，美人一看，哇，糟糕，好像左邊大了一點，醫生說，不要緊，不要緊，在右邊又來一針，這次是免費的。

櫻桃小嘴最好，生了個血盆大口的女人沒有失去希望，嘴巴不行，用鼻子來補。整容醫生用手術刀把鼻孔兩旁和中間的肉切開，掀起整個鼻子，再塞入一條塑膠板，鼻子又挺了起來，就不顯得嘴大了。

做過手術的女人，心理不平衡，三姑六婆七嘴八舌地講了一輪，她們又覺得這裡不對，那裡也不行，便又再找整容醫生去。

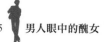

就算做了一個完美的手術，但日子一久，還是需要修補，這裡補一點，那裡補一點……

最後用鏡子照自己，天啊！從動物園逃出一隻唐老鴨。

紋眉

天下最噁心的事情之一，是女人的紋眉。

起初黑黑綠綠，像把流氓的手臂搬到額頭下，後來漸漸淡了，變成棕色。這也好，和目前流行的頭髮顏色相襯，只是女人不滿意，還在紋眉上塗黑，那麼原先紋來幹什麼？

「我的女朋友的眉紋壞了，蔡先生，聽說你認識很多日本的整容醫生，請問他們說有沒有救？」友人帶女友來求我。

不看還罷，看了差點昏倒，他女朋友的眉粗大還不算數，長長方方的，像兩片口香糖，不過是一上一下罷了。

「左邊紋了覺得右邊太細，右邊太細又去紋左邊。」她哭喪解釋：「結果左邊高右邊低，紋上紋下，紋到現在這個樣子。」

勉為其難地花長途電話費打給梅田院長，院長說：「啊！沒有救！」

「你就給人家一點希望吧！」我說。

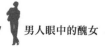

「嗨，嗨！」梅田院長說：「唯一辦法，是用鏹水腐蝕，就像黑社會大哥要洗底時，用鏹水蝕掉背上的刺青。」

我把消息告訴了友人的女友，她嚇得臉色蒼白，雙眉更顯粗大上下。

後來遇到另一位友人的妹夫，也是整容專家，他說：「現在不必那麼辛苦了，可以用雷射把刺青消除，就像除痣和除老人斑一樣。比較棘手的，是消除眼線，女人紋完了眉還去紋眼線，大家都知道眼睛部分最敏感。」

太貪心了，太過分了。醫生說：「用雷射把皮膚表層燒掉，靠眼睛的地方會很痛，雖然可以局部麻醉，但還是聽到啪啪的聲音，像燒柴時的爆裂。」

「那多恐怖！」我叫了出來。

醫生繼續：「最恐怖的還是自己可以聞到一陣陣的焦味，像在燒叉燒！」

聽了把我笑得從椅子掉到地上去。

無味女人

日本少女買不起名牌，只好用國貨，所以歐洲的時裝在日本流行不起來，她們有自己的一套設計，古古怪怪，異常誇張。

像厚底靴，已愈穿愈高，隨時摔一跤跌死，這也難怪她們，長得矮嘛。

金毛曾經大行其道，剪短髮的少女不乏其人，從後面看去，男女都一樣，從前還有留長髮的男人被認錯為女的，現在長髮短髮亂溝，一律金色，怎分得出雌雄？

頭髮一染，就要一直染下去，不然髮根長出黑東西來，就有髒相了。

是的，日本太妹給我的感覺總是髒兮兮的，聽說還有些不碰水，當然也少洗澡了，身材再美，也噁心。

辦公室裡的ＯＬ，就不能染成金毛了，但是棕髮幾乎是千篇一律，這也被公司的頭頭接受了，再下去，請不到人時，也只有讓部下個個金毛。

ＯＬ跟風跟得厲害，有幾本流行的雜誌指導著她們一切行為。穿什麼，吃什麼，受人擺布，好過自主。

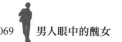

流行起乾淨來，ＯＬ都扮得乾淨，要乾淨，先從洗手間做起，雜誌說，大家跟風。

這一下子可好，連出恭不准有聲音。ＯＬ拚命避免，也行不通，聰明的商人即刻生產一種沖廁發音機，ＯＬ走進去後一按沖水鈕，撲通撲通，遮蓋了令人尷尬的響聲。

我們之前去北海道的西式酒店吃午餐，洗手間內就裝了這麼一個玩具，香港的眾女士嘖嘖稱奇，其實幾年前已經流行過，不是什麼新奇的玩意兒。

藥商更想出除臭丸，日本ＯＬ當成避孕藥那麼猛吞。

我沒有和她們一起走進過洗手間，不知效果如何？

但是沒有自己主意的女人，不但是那方面沒味道，做人也沒什麼味道吧？

絶倒

很多人以為我身邊常有美女相伴，樂事也。其實有些美女不化妝，嚇死人的。

不知怎樣，她們總會變成臉色又黃又綠，別以為我在誇張，的確是青青地。眉毛又不知道什麼時候剃得短短，或者拔了一截，剩下兩點，有點像日本古裝片中的扮相，張開嘴不知是否滿口黑齒？

一起工作的美女，有些是別人安排，並非自選，到了飛機場才第一次見面。左等右等，終於一個女子出現，怎麼看都不像明星，一定是保姆了，上前打招呼：「妳是不是某某人的……」好在對方聽到一半，已經點頭，高興地：「我就是某某人，你一看就認出我了！」

不過相貌還是其次，和這些女子聊聊天之後，還覺得很容易相處，愈看愈順眼了。最難消受的是全無反應的女人。

很久以前，跟我們到國外出外景的一個，六天之中，除了工作，整日躲在房不出來。

「為什麼不去購物？」我們問。

「這種地方能買到什麼？」她說：「香港的貨比他們都齊全。」

說得也是，再問道：「為什麼不去酒店的健身房做做運動？」「那些機械落後得很，做了扭到腰也說不定。」她又說。

「出去找東西吃呀！」我們差點放棄了。「減肥。」她回答得乾脆。

「這麼多天，在房間不悶嗎？」

「不悶。」她說：「有書看呀。」

眾人即刻肅然起敬，但是能迷得那麼厲害的，也不會是《紅樓夢》吧，那麼一定是金庸小說了：「看哪一本？《射鵰》、《鹿鼎》？」她懶洋洋地：「帶了兩本《老夫子》，還沒看完。」

女人手提包

女人提著手提包，不但方便，而且是個身分象徵，所以名牌廠賺個滿缽。

可憐的是這個手提包，上餐廳時不知放在哪裡，甚礙手礙腳，一個時期，還發明了一個鐵鉤，讓女士們掛在桌邊。

但是女人生性貪心，手提包中東西愈裝愈多，鐵鉤不夠力，也就扯直了，皮包啪嗒一聲掉了下地。有時又給侍者撞一下，掉下去時像天女散花，口紅、粉盒、香水、衛生巾、避孕丸跌得滿地通紅。

所以，女人便把手提包放在身體和椅背之間，吃那頓飯，是多麼不舒服的一件事！

既然同樣不舒服，就來一個背包吧，一方面又可以返老還童地重做學生，一方面又可以模仿日本女子的和服。當年還笑她們揹一個包袱呢，現在跟著，有什麼話說？

「妳們找手提包中的東西，」我常問她們：「是用眼睛看的，還是用手摸的？」

如果答案是前者，那麼這個女人是理智型的，很冷靜地做人，要是用手摸，則多數是感情用事，這個推測很少出錯，你們自己分析自己的性格，就知道我的觀察差不了多遠。

手提包中有些食物的女子，是熱愛生命的，她們愛吃東西，又沒有時間進食，更是任性地想吃就吃，非常可愛。

女人拿皮包，要不就是大的，愈大愈大方，要不就是最小的，小得像個繡花荷包也很文雅。中中間間，不大不小的，代表這個女人的個性糾纏不清，受不了。

很想看看女人的手提包中裝了什麼東西，但這是私隱，絕對不能冒犯。女人也應該尊重這個遊戲規則，就算幾十年夫婦，也不該偷看。

「非看不可！」女人宣布。男人如果無奈，這時候，他已不是一個人，他變成女人的手提包。

次貨

為什麼有些人用冒牌貨，一看就看得出呢？答案很簡單，因為她們沒有用過真的。擁有了名牌貨，每天觀察，看到贋品，有兩種反應：「啊！做得真像！」「啊，做得一點也不像！」

沒買過正牌貨的人，無從比較，只聽過這種商標很出名，現在用這種價錢買到這種貨，真的也好，假的也好，誰看得出呢？就是用過正牌貨的人看得出。

帶假東西出街，所有的名媛闊太都走過來讚美，一點也看不出，倒是很有滿足感的一回事。有些人這麼說。

但是這種名媛闊太的讚不讚美，干卿何事？得到了她們的贊同，代表了什麼？看出她們根本不懂貨，又如何？

常在直通車車廂中，看到大包小包辦了一身貨的女人，身穿Fendi，就算是百分之百真的，你也絕對不會相信。

跟隨一千多塊港幣五天遊的，帶幾個ＬＶ行李，你說會是真的嗎？

身上沒有名牌，是死不了人的。穿的乾乾淨淨就是，最好連什麼牌子都不要，不然買了不三不四的，招牌貼在外面，反而醜陋。

最怕就是買二流名牌。品味之低，一下子給人看得清清楚楚。是真是假，也永遠是二流角色。

二流貨的佼佼者就是時下流行的次等圍巾，披上之後幼毛黐滿身上的衣服，還得拚命向人家解釋：「這種東西剛剛圍上的時候是這樣的了，戴久了就不會脫毛的。」

真是笑話，好貨你看過沒有？薄得一個戒指也穿得過。新的也好，舊的也好，哪看過它們脫毛？

有些女人，一身都是假的，當然也不在乎圍巾是不是會脫毛了。這種女人，連頭腦也是次貨。

掩嘴

和一群少女一起玩，發現她們有一個共同點，那就是喜歡掩嘴而笑。與美醜高矮絕對沒有關係，害羞或否也談不上。聰明或笨，總之，一律做這個動作，沒有例外。

好看的，掩起嘴來掩不住她們的嬌柔；難看的愈掩愈顯醜態，屬於醜人多作怪，令人作嘔。

掩嘴而笑，到底是很小家的舉動，但自己女兒做起來，當然欣賞。所以這個動作只是留給親人，留給你女朋友，留給你的情婦，其他人一做，慘不忍睹，簡直像白雪公主中的老巫婆那麼恐怖。

不知什麼時候開始，女的漸漸不掩嘴了。是出來社會做事那個階段吧，辦公室中有什麼人說一個笑話，反應只是笑得大聲或小聲。

但是，這群女子，到卡拉ＯＫ時，或陪男友吃飯，遇到滑稽事，照樣掩嘴。

步入中年，這個動作完全地消失，掩嘴而笑只是用來嘲弄對方。

笑。

這時候，可能說別人的壞話說得多了，聲線也變粗，笑起來，像烏鴉多過像人在笑。

也難怪，不插花、不縫針線，不做陶瓷、不讀書，一味到美容院和髮型師打情罵俏，做做污泥面膜，全身按摩。然後群聚在一起，喝個下午茶，八卦這八卦那。

完之後，回家去把老公當成小孩指導，將兒女當成大人說禮教。

說完之後，又去煩菲律賓家政助理。

最後，大家都散了，剩下女人一個看電視。看到《超級無敵獎門人》節目，見嘉賓互餵山葵（Wasabi），大笑三聲，情不自禁地掩起嘴來，這時她罵自己：「掩什麼嘴？又沒有人看到，神經病！」

得意

和香港女人交往，你會發現她們用的字彙少得可憐。

像吃到什麼好東西，她們從來不讚好吃，只說一聲「得意」（註5：指人或東西可愛。）。一切事物，任何場合，都以「得意」二字表達。

這個髮型好不好看？得意。那種花美不美？得意。這孩子聰不聰明？得意。喜不喜歡那種鬍後水的味道？得意。

凡事不贊同，就大喊「神經」了。

玩多一個鐘才回家吧？神經！明天七點吃早餐？神經！要不要抽一口菸試試？神經！送一百朵玫瑰給妳？神經！

有什麼新主意，向她們說了，香港女人就會用「好賤」（註6：有下賤，厚臉皮的意思。）來做結論。

不如一塊去玩雲霄飛車吧？好賤。那傢伙服務態度不好，不必給小費吧？好賤。多吃點冰淇淋不會胖的？好賤。

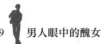

有時「神經」和「好賤」也有交換來用。一起脫光衣服去浸溫泉吧？這時本來可以「好賤」來表現，但她們瞪了你一眼：「神經！」

「神經」和「好賤」，在同學同事和朋友之間運用，什麼話都可以說，但到長輩們也「神經」來，「好賤」去，套她們的話，就是不很「得意」了。

不但字彙少，一個「請」字也不肯用。打電話找朋友，辦公室裡的女人總是說「等等」二字。友人說：教她們一輩子，還是「等等」，當今工作難找，是炒魷魚年代了。要香港女子說一句「早安」，也不容易，以前旅行團那幾個年輕的，早上從來不打一聲招呼，還是上了年紀的有禮貌。

從前香港男人多過女人。女人自恃青春，禮教和用辭不必管它，以為一定嫁得出去。久而久之，成了老姑婆，還是「神經」和「好賤」，更沒資格當上「得意」了。

當然，也有例外，你就是例外。

是不是

女人愈來愈不像女人，她們會說：「大哥啊！」大哥來，大哥去，哪是女人家說的話？

犯了錯誤之後，女人總要惡人先告狀地自我解釋一番，強詞奪理地說：「你說是不是！」

是不是。這句口頭禪已經是女人最流行的話，除了「神經」之外。是不是！並非徵求對方同意，所以沒有問號。是不是，已經肯定了一件事實，而且指定對方非得和她們的意見附和不可。

女人發表意見，討厭別人反駁她們，她們不能忍受你有其他的理由，她們將她們認為的事實硬生生地擺在你的面前。是不是！

是的，是的，男人膽小都是懦夫：是怕死鬼、是軟骨頭、是孬種、是窩囊廢、是膿包、是狗熊。

是的，是的。男人都是壞人：是歹徒、是敗類、是狗東西、是混蛋、是衣冠禽獸、是無恥之徒、是社會渣滓。

是的，是的。男人都好色：是色中餓鬼、是色情狂、是登徒子、是漁色之徒。

但是，妳們還是要和男人上床的。

學妳們講一句：「是不是！」

？！？

和美國少女交談，發現她們有一個共同點。那就是聲音特別尖，而且永遠地把整句話的結尾聲音提高，像是在問你問題，又像是在徵求你的意見。

「吃沙拉最好連橄欖油也不放，不然會愈吃愈肥？！？」她們說。

愈吃愈肥是肯定的語氣，不應該是問號，但她們非這麼表現不可。

最糟糕的還有：「我從愛荷華州來的？！？已經在紐約住了兩年？！？一直就對這個城市不習慣？！？我每天想家？！？所以還是決定回去？！？」

每一分段都是問號般地尖叫，啊，真是受不了，討厭到極點。

這種人還不停地強調陽光和健康，每天喝橙汁和跑步，不到健身室去做體操，就像會死掉一樣。

一直宣揚的是她們的大女人主義，你替她們開車門或者讓路給她們先走，便即刻大發脾氣，以為你在歧視女性。

拚命做運動和健身的人，已經成為健康的奴隸，一旦放棄，肌膚鬆弛，人發胖。

接受不了身體的醜態時，就這裡整整，那裡整整，最後成為怪物一個，黛咪．摩兒就是一個活生生的例子。還是傑克．尼克遜、麥克．肯恩等男人較有自信，他們步入老年，有了一個肚腩，又如何？樣子愈怪，女人愈喜歡。

美國一流行，日本人第一個學習。

現在和一些時髦的日本女人交談，即刻發現她們學足了，每一句話的結尾也同樣？！？，要命的是連男孩子也學會。

日本流行過後，香港便跟風，如果這麼一天來到，我非離開此地不可，到檳城去聽馬來西亞女人不純正的華語，也好過在這裡忍受這些他媽的？！？。

死魚

我最討厭那些裝腔作勢，醜人多作怪的八婆，她們喜歡散布謠言，凡事大驚小怪，做出驚奇處女狀：「什麼？裸女照片？我從沒有看過！」

街邊報攤充滿了大量性感封面的刊物，報紙上每天有佳作，連最正經的外電傳真照片，亦常有把衣服脫得精光的日光浴女郎。沒看過？三歲小孩都不會相信。

「我最憎恨人家抽菸！抽菸的人不但會生癌，而且導致旁邊的人也生癌！除此之外，抽菸還會破壞家庭，抽菸引起犯罪，我們必得禁止全世界的人抽菸，我們要把抽菸的人處之死地！」八婆理直氣壯地說，她們一連用了六次抽菸，兩個生癌，是因為她們的用辭和知識不足。

把天下的壞事歸放在一根小小的香菸上，證明她們的理智已有點混亂。

「我最反對人家喝酒！」八婆又宣言。她們歇斯底里地大喊：「喝酒的人會變兇犯，喝酒的人會酒精中毒，喝酒的人強姦女人，喝酒亂性，喝酒短命，喝酒的人會騙人！把他們都關起來！把他們打進地獄！」

從歷史上、文學中，電影電視裡，我們都能舉出很多例子，凡是反對抽菸和喝酒的女人，大多數的性愛技術缺乏幻想力，不懂什麼叫高潮，千萬別和這種八婆上床，她們是死魚一條！

十宗罪

醜女人，並不一定是討厭的。

她們知道自己不好看，就用其他長處來補這個缺點，像努力學習，成為專家；或長成開朗的個性，談吐幽默，討人喜歡等等。醜女人會愈來愈美，尤其是當男人心靈空虛的時候。這世界很公平，讓她們嫁得出去，到底，平均起來，她們還是占大多數的。

但是，討厭的女人，絕大多數醜。自古以來，就有醜女多作怪這句話。

這些女人，如果她們稱得上是女人的話，很容易認出，你身邊有的是。

第一、說話時不用眼睛望著你，鬼鬼祟祟左看右看，整天想些壞念頭。

第二、從不公開發表意見，總是和左右的人耳邊細語，造謠生非。

第三、雞毛當令箭，一抓到一點點的權力，從不放過，使盡為止，能令對方多難堪就是多難堪，這是她們唯一的樂趣。

第四、一開口，嗓子總是烏鴉般難聽，嘴巴也放大，像隻唐老鴨。

第五、談話內容一定先表揚自己有多厲害，什麼都懂，時常夾一兩句發聲不準、文法不通的英文來顯示自己的語言能力。

第六、貪婪。小便宜絕不放過。喝茶時，臨走會將桌上的那罐小蜜糖放進皮包。

第七、奉承。利用自己的小聰明，說了一大堆話之後，主題轉到有錢有勢的局中人，不要臉地讚美對方，有多肉麻是多肉麻。

第八、欺負人。對屬下呼呼喝喝，當別人面前展示自己的威力。

第九、寒酸，從不見她們請客。還帶著的是骯髒，衣袖上有油漬也不肯花錢去洗。

第十、愛唱卡拉ＯＫ，這一點最要命。

遇到這種又醜又惡的爬蟲動物，最好當她們透明，眼不見為淨，穢物一堆，看個屌？

❸

讓男人印象深刻的女人

Gilbey A

「銀座有幾千間酒吧，你去哪一家？」

有一次農曆新年旅行團，最後一個晚上吃完飯後目送團友回房睡覺，我獨自走到帝國酒店附近的「Gilbey A」去。

主要是想見這家酒吧的媽媽桑有馬秀子。有馬秀子，那時已經一百歲了。

銀座木造的酒吧，也剩下這麼一間吧？不起眼的大門一打開，裡面還是滿座的，日本經濟泡沫一爆已經二十幾年，銀座的小酒吧有幾個客人已算是幸運的，哪來那麼熱烘烘的氣氛？

這家酒吧以前來過，那麼多的客人要一一記住是不可能的事，她開酒吧當時已經五十年，見證了明治、大正、昭和、平成四個時代的歷史。

衣著還是那麼端莊，略戴首飾，頭髮灰白但齊整，有馬秀子坐在櫃臺旁邊，看見我，站起來，深深鞠躬，說聲歡迎。

幾位年輕的吧女周旋在客人之間。

「客人有些是慕名而來，但也不能讓他們盡對著我這個老太婆呀！」有馬秀子微笑。

說是一百歲，樣子和那對金婆婆銀婆婆不同，看起來最多是七、八十，笑起來給人一種很親切的感覺。

坐在我旁邊的中年男子忽然問：「你不是《料理的鐵人》那位評判嗎？」

我點頭不答。

「他還是電影監製。」這個人向年輕的酒女說。

「我也是個女演員，姓芥川。」那女的自我介紹，聽到我是幹電影的，有興趣起來，坐下來問長問短。

「那麼多客人，她不去陪陪，老坐在這裡，行嗎？」我有點不好意思。

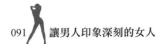

「店裡的女孩子，喜歡做什麼就做什麼。」有馬秀子回答：「我從來不指使她們，只教她們做女人。」

「做女人？」我問。

「唔。」有馬秀子說：「做女人先要有禮貌，這是最基本的，溫柔就跟著來。現在的人很多都不懂。像說一句謝謝，也要發自內心，對方一定感覺到。我在這裡五十年，送每一個客人出去時都說一聲謝謝，銀座那麼多家酒吧不去，單單選我這一家，不說謝謝怎對得起人！你說是不是？」

我贊同。

「我自己知道我也不是一個什麼美人胚子。」她說：「招呼客人全靠這份誠意，誠意是用不盡的法寶。」

有馬秀子生於一九〇二年五月十五日，到了二〇〇二年五月十五日滿一百歲。許多雜誌和電視臺都爭著訪問，她成為銀座的一座里程碑。

從來不買人壽保險的有馬秀子，賺的錢有得吃有得穿就是。喪禮的費用倒是擔心的，但她有那麼多的客人，不必憂愁吧？每天還是那麼健康地上班下班。對於健康，她說過：「太過注重自己的健康，就是不健康。」

那個認出我的客人前來糾纏，有馬秀子看在眼裡：「你不是已經埋了單的嗎？」這句話有無限的權威，那人即刻道歉走人。

「不要緊，都是熟客，他今晚喝得多了，對身體不好，是應該叫他早點回家的。」有馬秀子說。

我有一百個問題想問她，像她一輩子吃過的東西什麼最難忘？像她年輕時的羅曼史是什麼？像她對死亡的看法如何？像她怎麼面對孤獨等等。

「我要問的，妳大概已經回答過幾百遍了。」我說：「今天晚上，妳想講些什麼給我聽，我就聽。不想說，就讓我們一起喝酒吧。」

她微笑，望著客人已走的幾張空凳：「遠藤岡作最喜歡那張椅子，常和柴田練三郎爭著坐。吉行淳之介來我這裡時還很年輕，我最尊敬的是谷崎潤一郎。」

看見我在把玩印著店名的火柴盒，她說：「Gilbey 名字來自英國琴酒的牌子。那個A字代表了我的姓 Arima，店名是我先生取的，他在一九六一年腦出血過世。」

「媽媽從沒想過再結婚，有一段故事。」酒女中有位來自大連，用國語告訴我。

有馬秀子好像聽懂了，笑著說：「也不是沒有人追求過，其中一位客人很英俊，有身家又懂禮貌，他也問過我為什麼不再結婚，我告訴他我從來沒有遇到一個像我先生那麼值得尊敬的人，事情就散了。」

已經到了打烊的時候，有馬秀子送我到門口，望著天上：「很久之前我讀過一篇記載，說南太平洋小島上的住民相信人死後會變成星星，從此我最愛看星。看星星的時候，我一直在想，我先生是哪一顆呢？我自己死後又是哪一顆呢？人一走什麼都放下，還想那麼多幹什麼？你說好不好笑？」

我不作聲。
有馬秀子深深鞠躬，說聲謝謝。
下次去東京，希望再見到她。如果不在，我會望上天空尋找。

一群紋身的女人

我們的旅行團在返港的那一天，都會到大阪的時裝街，日本人叫為「美國村」的一家螃蟹店「元網」去吃午飯。

多年前的一次帶團旅行，上午是自由活動，大隊由助手帶領，我直接到美國村去。早到了，在附近逛街的時候，聽到一個聲音。

「你是不是《料理的鐵人》的那位香港評判？」轉過頭去，一位年約三十歲的女人問。

遇到這種情形，我總是笑笑，不說是或不是。

「有沒有興趣到我們的店去看看？」

我問：「妳賣些什麼？」

「不賣東西。」她說：「我們開的是紋身店。」

生性好奇，只要能吸引到我的，就要跟去。

一座小型大廈的四樓，招牌寫「Al Haut」英文字，進了門，聞到一陣香薰，播的是古典音樂，光線幽暗，一盞燈照的是一個少女的裸背，紋身師用機器針筒軋軋聲地往她的腰間刺去。

沒流出太多的血，只聽到那女子的呻吟。

「坐！坐！」她招呼我到客廳的沙發：「我的名字叫Ryoki，寫成漢字是掠妃。」

「我想這句話妳被問過一千遍，為什麼有人要紋這種一世人也除不掉的東西？」

「每個女人有不同的答案，」掠妃說：「共同點是人一紋身，親戚和社會都不容納你，連公共澡堂和溫泉也不讓你進去浸。身體被雕刻後，人生即刻起變化。我們要的，就是這種變化。」

「我還以為是一種流行，當玩的呢。」

「跟流行的話，買一張貼紙貼上就行，洗掉了就沒有了，不必紋身。」她說。

「妳自己刺了些什麼？」

掠妃解開恤衫的鈕釦，拉下一道袖子，給我看她肩上的紋身，那是一大朵牡丹花，由中心的粉紅展開，花瓣的紅色愈來愈豔，襯著綠葉，我不能不承認是頗有藝術性的。

「每個人有不同的答案，妳的答案呢？」我問。

「我的理由不是很特別，」她說：「結了婚，但是醫生檢查後說我不能有孩子，我真想有一個。絕望後，我決定紋這朵花，它能像我的孩子一樣，一生陪伴我。」

「不痛嗎？」我問。

「痛死人！」那個躺著的少女起身，大概聽到我們的談話，代掠妃回答我的問題：「最初要先畫出輪廓，像被刀割開肌肉，墨是一點點釘上去的，在很痛的傷口上摩擦，之間很多次都想打退堂鼓，但是你知道啦，我們日本人有那種忍、忍、忍的根性，就忍到底。」

掠妃接說：「最痛的是靠近骨頭的部位，好像把骨頭一片片削開，用意志力去抵抗的話，也最多是兩個小時，超過了就會昏倒的。」

哇，我叫了出來。

「紋完身後會發燒，」她繼續說：「要花上一星期才能減退。」

「那妳又為什麼要紋呢？」我問那個少女。

「我認為比穿什麼名牌更有個性，簡直可以說高了一級。雖然我知道這種衣服是脫不下來的，但是我能穿上，就和別人不同。我沒有什麼條件和別人不同，不管在身材和相貌上，但是一紋身，我變成一個很勇敢的女人，對自己很有信心，值得呀！」

「但是一般人都認為只有黑社會和壞女人才紋身的呀，妳不怕人家把妳看成壞女

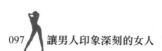

人？」我說。

「非洲的原始部落也紋身，他們愛美罷了，哪是什麼黑社會或壞人？」她反問。

說得也是，我無法反駁，這時門打開，進來了四、五個女人，都是這家店的熟客，掠妃解釋：「東京有一家叫《Tattoo Girls》的雜誌要來採訪，我約好大家來這裡給他們做訪問。」

經掠妃介紹，那群女的也不當我是什麼陌生人，大家聊了起來。

「你想知道多一點我們為什麼要紋身的緣由的話，我們都可以把個別的原因告訴你。」其中一個說。

另一個插嘴：「我最初只是想想，把這個意念講給男朋友聽，他和我大吵，說有一天兒女長大，看到自己母親的紋身，怎麼解釋？我覺得他的話有一點道理，正要放棄，他又說他媽媽也不會喜歡。我聽了火可真大了，原來他那一篇大道理，完全為了他老母，我一氣起來，就紋了。」

「我的姐姐刺了一條蛇，我認為很噁心。她說妳不紋身，沒資格批評，我就紋一尊觀音給她看。」那個女的也給我看了，真壯觀。

「最心愛的狗患了白血球病，死了，哭了一個月，為了供養牠，我紋了一朵蓮花，我想我為了牠付出那麼大的痛苦，牠不會怪我沒有好好照顧牠吧？」

「唉，」我說：「妳們講來講去，為什麼沒有一個是因為一段刻骨銘心的愛情而去紋身的？」

那群女的各自看對方的表情後笑了出來：「這年代，還有女人為了男人去紋身的嗎？」

賣豬腸粉的女人

家父早餐喜歡吃豬腸粉，沒有餡的那種，加甜醬、油、老醬油和芝麻。年事漸高，生活變得簡單，傭人為方便，每天只做烤麵包、牛奶和阿華田，豬腸粉少吃。

我返家陪伴他老人家時，一早必到菜市場，光顧做得最好的那一檔。哪一檔最好？當然是客人最多的。

賣豬腸粉的太太，四十幾五十歲人吧，面孔很熟，以為從前在哪裡見過，你遇到她也會有這種感覺。因為，所有的弱智人士，長得都很相像。

已經有六、七個家庭主婦在等，她慢條斯理地，打開蒸籠蓋子，一條條地拿出來之後用把大剪刀剪斷，淋上醬汁。我乘空檔，向她說：「要三條，打包，回頭來拿。」

「喔。」她應了一聲。

動作那麼慢，輪到我那一份，至少要十五分鐘吧。看著錶，我走到其他檔口看海鮮蔬菜。

今天的蚶子又肥又大，已很少人敢吃了，怕生肝病。有種像鱘魚的「市殼」，骨多，但脂肪更多，非常鮮甜。魔鬼魚也不少，想起在西班牙的伊比薩島上吃的比目魚。當地人豪華奢侈地只吃牠的裙子。魔鬼魚，倒是全身裙邊，醃以辣椒醬，再用香蕉葉包裹後烤之，一定好吃過比目魚。

菜攤上看到香蘭葉，這種植物，放在剛炊好的飯上，香噴噴地，米再粗糙，也覺可口。計程車司機更喜歡將一紮香蘭葉放在後座的架上，愈枯香味愈濃，比用化學品做的香精健康得多。

時間差不多了吧，打回頭到豬腸粉攤。

「好了沒有？」問那小販。

她又「哦」的一聲，根本不是什麼答案，知道剛才下的訂單，沒被理會。費事再問，只有耐心地重新輪候，現在又多了四、五個客人，我排在最後。好歹等到。

「要多少？」她面無表情地問。

顯然地，她把我說過的話當耳邊風。

「三條，打包。」我重複。

付錢時說聲謝謝，這句話對我來講已成為習慣，失去原意。

她向我點了點頭。

回到家裡，父親一試，說好吃，我已心滿意足。剛才所受的悶氣，完全消除。

翌日買豬腸粉，已經不敢通街亂走，乖乖地排在那四、五個家庭主婦的後面，才不會浪費時間。

還有一名就輪到我了。

「一塊錢豬腸粉。等一下來拿。」身後有個十七、八歲的姑娘喊著。

「喔。」賣豬腸粉的女人應了一聲。

我知道那個女的說了等於沒說，一定會像我上次那樣重新等起，不禁微笑。

「要多少？」

我抬頭看那賣豬腸粉的，這次她也帶了笑容，好像明白我心中想些什麼。

「三條，打包。」

做好了我又說聲謝謝，拿回家去。

同樣的過程發生了幾次。

又輪到我。

這回賣豬腸粉的女人先開口了。

「我不是沒有聽到那個人的話。」她解釋：「你知道啦，我們這種人記性不好，也試過搞錯，人家要四條，我包了三條，讓他們罵得好兇。」

我點點頭，表示同情。收了我的錢，這次由她說了聲謝謝。

再去過數次，開始交談。

「買回去給太太吃的？」她問。

「給父親吃。」

賣豬腸粉的女人聽了添多一條，我推讓說多了老人家也吃不下，別浪費。不要緊，不要緊，她還是塞了過來。

「我們這種人都是沒用的，他們說。但是我不相信自己沒有用。」有一次，她向我投訴。

「別一直講我們這種人好不好？」我抗議。

「難道你要我用弱智嗎？這種人就是這種人嘛。」她一點自卑也沒有：「我出來賣東西，靠自己，一條條做的，一條條賣。賣得愈多，我覺得我的樣子愈不像我們這種人，你說是不是？」

我看看她，眼睛中除了自信，還帶著調皮。

「是。」我肯定。

「喂，我已經來過幾次，怎麼還沒有做好？」身後的一個三十幾歲的女人大聲潑辣地：「那個人比我後來，妳怎麼先賣給她？」

「賣給妳！賣給妳！賣給妳！賣給妳！……」

賣豬腸粉的女人抓著一條腸粉，大力地剪，剪個幾十刀。不停地剪不停地說賣給妳，扮成百分之百的白癡，把那個八婆嚇得臉都發青，落荒而逃。

我再也忍不住地大笑，她也開朗地笑。從眼淚漫濕的視線中，她長得很美。

跳肚皮舞的巴士小姐

我們的旅行團，在日本用的巴士都是最好，司機駕駛全無事故紀錄，費用高昂，但很值得。

這種巴士都包了一名導遊小姐，從上車到回酒店，講解不停，又要依照客人要求唱歌，並非易事。

我們用熟的有兩個年輕的，到東京調到東京，去大阪也要她們來客串，大家混得很熟，溝通起來方便。有一次去，不見了其中一名，她剛結婚，但也出來做事的呀。

「是不是有了孩子？」我問另一個。

「不，不，她已離了婚。」

「那麼快？不到六個月呀！」

「發現不對，愈早愈好。這是我們這一代人的看法。」她回答得乾脆。

「怎麼不回來？」

「她當肚皮舞孃去了。」

「肚皮舞？」我詫異。記憶中的她，沒有魔鬼身材，面貌再過一百年，也稱不上一個美字。

「是呀！我也在學，當今日本最流行的了。」她說。

看看她，與另一個的意見相同，怎麼可能又去跳肚皮舞？

「在什麼地方表演？」我問。

「青山。你有興趣，今晚送完客人，帶你去？」

在一座商業大廈的地下室，傳出劇烈的中東音樂，走進去，擠滿客人，舞臺上有六、七個肚皮舞孃擺動著腰，衣著稀薄，但並不十分暴露，肚皮和大腿，可盡在眼前，有個長髮的，左右揮動，非常誘人。咦？那不是我們的巴士導遊小姐是誰？

從臺上望到我，向我擠擠眼，用手做個等等的姿勢，她繼續跳舞，我和女伴在酒吧前找個位子坐下，她也隨著音樂在搖動身體，和平時看到的她不同。

音樂從快到慢，又由慢到快，舞孃們一個個支撐不住，走下臺來，只剩下巴士小姐，愈跳愈猛，客人不斷地拍掌喝采鼓勵，她用下半身向觀眾挑逗性迎來，顫抖得厲害。

忽然，燈光全暗，一切停止。

重開燈時，看到巴士小姐用毛巾擦著汗，向我走來。

「妳怎能跳得那麼久？」我劈頭就問。

「你以為當巴士小姐那麼容易嗎？」她說：「做你們的工作我雖然不必講解，但是從出發到收工，你有沒有看過我坐下來的？單是靠這種腳力，我已比其他舞孃強。」

「為什麼要離婚？」

「結了婚丈夫的態度一百八十度轉變，對我呼呼喝喝，我問他說為什麼，他說看到他爸爸叫他媽媽也是那個樣子的。他不懂其他辦法對我，給我大罵後他哭了，這時，我已決定他是一個永遠長不大的孩子，我要嫁的是一個男人，不是孩子。」

「妳從小就喜歡肚皮舞這門藝術？」

「不，有個晚上來到這裡，看到我的一個鄰居在這裡跳，她不過是一個普通的家庭主婦，她能，我想我也可以。」

「那麼容易嗎，肚皮舞？」

「依據印度舞的傳統，當然很難，我們跳的是自由式，跟著音樂自由發揮。」

「客人會認為妳不正統吧？」

「正統和不正統，很難有界限，一切要自然，要美，肚皮舞很多種，人家以為來源是印度，其實是中東人，伊朗、伊拉克等地方開始的，後來又有了吉普賽人的方式，都是東抄西抄，沒有多少專業的人看得出什麼叫正統。」

「最難學的是什麼動作？」

「擺腰最容易，會做愛的女人都懂得這個動作，豪放就是，夠體力就是。搖動胸部最難，乳房是兩團不可控制的肥肉。普通的女人都不知道怎麼去動它，要把胸部一個向左轉，一個向右轉，可得學好多年才會。」

「也得要有點身材呀！」我說。

巴士小姐笑了：「開始，也有很多人向我說，妳根本不是一塊跳肚皮舞的料子，妳太瘦了。沒有的東西，我用下半身來補足。只要我搖得比其他人劇烈，觀眾就會服我。我當然不會自扮清高，如果你說肚皮舞是純粹為了藝術而發明，那是騙你的。」

「為什麼肚皮舞現在在日本那麼流行？」

「主要的原因，是女人解放了。女人可以透過肚皮舞來表現自己，不必在辦公室裡替男同事倒茶。這個機會我們日本女人等了很久才來到，我終於能夠脫下制服，讓男人知道我在床上的話，可以多麼犀利。」

我完全同意她的見解：「如果有香港的女人要來學肚皮舞，有什麼門路？」

她拿出一張紙寫了 Mishaal 的名字，email address: cooumikahina@ybb.ne.jp。另一個是 Miho，http://blog.livedoor.jp。還有一個叫 Akiko，www5.ocn.ne.jp。

「發個電郵去查問好了。」巴士小姐說：「她們都樂於教導，學費不是很貴，肯學的女人，會發現她們有力量把人生改變。」

音樂又響，她向我作個飛吻，又上臺表演去了。我祝福她。

挑戰者

到東京去參加一個燒菜的比賽節目，當評判。

日本人很熱衷搞這一類電視節目，非常受觀眾歡迎，每週有四、五個定期的，每個都一小時，最長壽的還一做做了六年。

由電視臺選出三個大師傅，分日本菜、法國菜和中菜，稱之為鐵人，再讓其他著名的餐廳的總廚前來比試，稱之為挑戰者。主題的材料，是魚或肉，雙方事前都不知道。

「這次的挑戰者你一定會喜歡。」編導遇到我時，笑嘻嘻地向我說。

「身懷絕技？」我問。

對方搖頭。

「是個美女？」這次錯不了吧。

對方還是搖頭：「別心急。」

有什麼大師傅沒見過呢？作什麼神秘狀？

音樂大響，三個鐵人由舞臺下升起，此邊廂，煙霧之中出現了挑戰者。

一看，是位清秀得不得了的尼姑，三十左右。

節目主持人把布掀開，露出此回比賽的主題材料，是腐竹，雖說很公平，但也事前安排好，不然出現的是肉，怎麼收場？不過，日本僧尼，並不齋戒，會燒肉也不出奇。

挑戰者由三名鐵人之中選一位來決鬥，她挑了做日本菜的鐵人，細聲說：「我做的也是日本料理，如果選法式或中式，就難見高下。」

要在一個小時之內，各做幾道菜來讓三名評判員吃，鐵人搶先一步，踏上舞臺拿了很多乾腐竹，挑戰者則一動不動，先把礦泉水倒入大鍋中滾。

不只觀眾好奇，連我們當評判的都想知道她的葫蘆裡賣的是什麼藥？講解的司儀拿著麥克風去訪問她，挑戰者說：「腐竹要新鮮的才好吃。」

說完把大豆放進攪拌機磨漿，用個兩層的鍋，下面的鍋燒開水，上面的放滾開了的豆漿蒸著。

才那麼短短的一小時，來得及做出腐皮來嗎？我們都替她擔心。

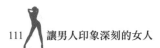

鐵人已將乾腐竹用水浸開，加魚子醬、鵝肝醬和法國黑菌，又煎又煮又炒，手法純熟地準備了五道菜。

那邊挑戰者拿了松茸在小灰爐上烤，清香味道傳來，她細心地用手把松茸撕成細絲。

時間愈來愈緊迫，鐵人氣喘如牛，加上不斷地試食熱菜，上身汗水濕透。

挑戰者從容地按部就班，食物不沾唇已知味覺，頭上不見一滴汗珠，道袍不染菜汁。

豆漿表面冷卻後凝成一層層的腐皮，她用綠竹籤挑起，有些就那麼拋入冰水中。其他配料已經準備完畢，就等這最後的過程。

叮的一聲，一小時很快地過去，雙方停手。

輪到我們評判登場，擺在桌上的菜，鐵人做了五味，挑戰者只有三味，加碗飯，一小碟泡菜。

鐵人的腐竹有了魚子醬等高貴的材料配搭，色香味俱全，的確精彩絕倫，評判都覺得滿意。

至於挑戰者，第一道是前菜，只見碟中一堆腐竹，試起來香味撲鼻。原來是將鮮腐竹切絲，和撕開的松茸攙在一起，顏色略同，看不出其中奧妙，吃了才知。

第二道是將鮮腐皮燉了，加入乳酪和荷蘭豆及紅蘿蔔絲，甜味來自香菰汁。

第三道是清湯，用大量的黃豆熬好當湯底，漂著炸過的鮮腐竹，上桌前摘菜心的小黃花點綴，漆器的碗本來應該是黑色的，但碗底再鋪上一層腐皮，像件瓷器。

白飯炆成之前用荷葉當鍋蓋，呈翡翠色，攙著的黃色飯，原來是用鮮腐皮搓成的米粒，泡菜是高貴的紫色，用茄子汁染的切片腐皮卷，淋上柚汁。

味道清淡之中，變化無窮。

評分表上，我給挑戰者滿分。

結果發表，鐵人贏了，興奮地舉起雙手答謝觀眾的掌聲，挑戰者保持笑容。

事後，在休息室的走廊抽菸，挑戰者迎面而來，輕聲地向我說：「謝謝你，只有你幫了我。」

「做僧尼的，不應該注重勝敗，妳為什麼來參加這種比賽？」我見她外表脫俗，可以直問。

「這個節目本來就是一場遊戲，你的分數公正，但其他兩位日本評判是常客，如果鐵人每次打敗，節目怎麼做得下去？我早就有心理準備，來玩玩罷了。」

「尼姑也可以拋頭露面？」我問。

「我們日本的佛教教條比較入世，不會被人罵的。」她解釋：「尼姑也是人，偶爾玩一下，不傷大雅。」

「為什麼妳會剃度？」我又問。

挑戰者慘淡地微笑：「我們的寺院庵堂，住持都是世襲的，僧尼也都可以結婚生子。我哥哥怎麼能主持庵堂？只剩下我，唯有這條路可走。走一走後也清靜可喜。我從小對烹調有興趣，就在庵堂開一家素菜館。」

「那妳有伴侶嗎？」我想問她有沒有丈夫，但還是選擇這字眼恰當。

「有些事，不做比做好；有些問題，不答比答好。煩惱減到最少，最好。」她合十。

我目送她的背影走遠。

喝酒的女人

看粵語老片，常出現女主角被人用酒灌醉，拉到酒店，第二天大叫：「我已失身！」的場面。

女人真的蠢得那麼交關？那麼容易給人騙去？或者，會不會她們酒不醉人人自醉？也許，借醉裝瘋和行兇吧？不然，酒醉三分醒這句老話又何從而來？

你會灌女人喝酒而弄她們上床嗎？人家問我。

不不不不。

要用到那麼下三濫的手法，太沒有自信心了。

而且，女人醉起來，一哭、二叫、三上吊還不算，拚命地向你噴毒氣，臭得驚人！喊個不停之後，忽然，咳的一聲，跟著把她肚子裡的東西吐遍地毯，接著便鼻酣大作而睡。

望著這麼樣的一件東西，你想占便宜嗎？你上好了，不用留給我。

雖然我不灌女人喝酒，但是要是她們自願喝幾杯的話，當然是無任歡迎，不過通常我會把女人嘔吐的怪現象重複一次，預防她們到達那種可怕的地步。

女人微醺的時候最好看了，雙頰粉紅，笑盈盈地，偶爾仰頭把蓋住了臉的長髮撥後，可愛到極點。

語到喃喃時，她們鬆弛地講一些發生在她們身上的傻事，把一切過去的哀怨都變成了笑話。

有時，她們拚命打嗝，叫她們連喝幾口白開水就會好的，她們也一點不猜疑，乖乖地聽話喝下去，結果果然好了，拍掌稱妙。

倪匡、黃霑和我在做《今夜不設防》的節目時，也絕對沒有逼女人喝酒那種敗壞的行為。我們自己喝，但不勉強人家喝。電視上我們會問對方要不要來一杯，她們要是點頭，我們就把酒瓶放在她們面前，讓她們自己倒來喝。通常，我們一個一小時的節目要錄上兩個半鐘頭以上。和女賓們的對話，第一個小時是熱身運動，多數是剪掉。到她們有點酒意，談話比較開放的時候才開始用起。

風趣的女子真不少，王祖賢就說她本來是單眼皮，有一天忽然打個噴嚏，變成了雙眼皮。

為了讓她們更有信心，我們一向對她們說：「如果妳在錄完之後覺得哪些不喜歡的，或者不想告訴太多人的，那麼我們就剪掉好了。」

在最後說不必剪的居多，只有一個例外，那就是其中有一位說：「我說過人家都知道我不是處女那一句，不太好吧。」

我們聽了即刻請編導刪了。

連這點便宜都不肯占，怎麼會把女人灌醉叫她們失身呢？

不過，有時我們自己閒聊，倒是能舉出許多女人醉後媚態十足地望著男人的例子。女人要起來比男人強烈，她們坦白和自然地表現她們的本能。這一點，男人做作和虛偽得多。

其實男人是一種很怕醜的動物。想要，又擔心一旦提出來，遭對方拒絕，那不是沒有面子嗎？要是對方向別人亂唱，那更不得了，以後怎麼見人？

當今的男人就算喝醉，也不至於糊塗到不考慮這些問題，更不會做出粵語老片中歹徒做的事。

可愛的喝醉酒女人固然多，但是醜惡的更多，她們一醉，即刻用手攬住你的頸項，說一番似是而非的大道理，還不停地問：「是不是這麼回事啊？」

有些行為是令人難於忍受的，比方躲在廁所裡不出來，害人以為她在割脈；撕人家的衣服，撕自己的衣服，露出扁如茶杯蓋的胸；不停地唱〈負心的人〉，而且唱得非常難聽，等等等等。

不喝酒的女人並不一定比喝醉酒的女人好，因為會喝酒的人生，至少比不會喝酒的人生，要多快活三分之一來。

天下也有不少喝不醉的好女人，她們愈喝愈猛，生龍活虎，談笑風生，是天下八大奇觀。你錯了，她們並非歡場的女郎。

見過的一位太太，端莊賢淑，人家灌她喝酒，她永遠保持笑容，一大水杯一大水杯的白蘭地，嘩的一聲吞下，面不改色，十幾杯下來，周圍的男的都倒在地上，只剩下她一個人笑嘻嘻：「哎呀，怎麼那麼沒用？」

還有另一個不停喝酒，永遠不吃東西的女人，像一隻貓，只飲牛奶，活活潑潑，一點毛病也沒有，營養來自啤酒和白蘭地，到現在還是每天照喝不誤。

更有一個喝完了由女強人搖身一變，成為諧星，什麼古怪動作都做得出，模仿什麼人像什麼人，天下的語言沒有一種她不會講。一面娛樂大家一面勸人和她乾杯，無窮的話題，不盡的歡笑，可惜最後只剩下她一個表演者，其他人都醉倒。

最後一位是早上喝、中午喝、晚上喝，平均一瓶白蘭地喝兩天。而且，她絕不麻煩別人，給人家請客，也自帶袋裝瓶子，主人有酒的話照喝，沒酒就自動地拿出來。她八十多歲時，還健康得很，不喝酒那天，子女們都替她擔心。這是真人真事，她是我母親。

老處女萬歲

成為老處女，有一千零一個理由，多數是眼光太高，周圍男人沒一個像樣，一年又一年地過去，等到可以降低水準時，忽然，有一天，被人家叫作老處女。

老處女只是一個抽象的稱呼，她們並不一定每一個都是未經開苞，因為未婚，你們以為她們連那回事也沒碰過罷了。

有位上海的長者說：「女人最怕是一直被稱為小姐，這是一種侮辱，好女子早就給人娶去，等什麼三十多歲還給人叫小姐？」

說來說去還是婚姻制度的可惡，傳宗接代觀念的落後。西方人的快樂單身女郎，我們叫老處女，真應該槍斃。不過稱之為未婚雌性動物，或者還沒有嫁出去的女人，都太累贅，為了節省出版商付給我們的字數稿費，還是暫稱為老處女吧。

看看我們周圍，存在了不少所謂的老處女，她們都長得十分可愛，而且事業有成，只是不肯嫁人，或者嫁不出去，也許是同性戀者罷了。

女人搞同性戀我們是雙手高舉贊成的，什麼都好，請別太寂寞。女子同性戀頗有美感，至少看起來比兩個大鬍子大肚皮的男子攬在一塊兒舒服。

天下男人都壞透了。只有相同的雌性品種較合得來。那麼，請便吧。反正不騷擾到社會，有什麼事不可做呢？切記別太過分，把對方搞得臉黃肌瘦，就太慘囉。

做個正常的老處女，也是種享受呀。工作時工作，閒下來和朋友吃吃飯聊聊天，也許打幾圈麻將，或者跟家人星期天飲茶、看場電影，多逍遙自在！

她們各自有個巢，有些愛整理得乾乾淨淨，大多數搞得亂七八糟，但都有自己的生活紀律，一旦男人侵入，便把一切破壞。

健身院、健康舞、網球等等，是老處女消除精神緊張的好去處。光顧得最多的，是美容院，凡有什麼重要約會，一定先去洗洗頭，吹個漂亮髮型，不然就走不出門。美容院，已經成為都市女人的教堂。娘娘腔的髮型師傅，等於是聽她們懺悔的神父。

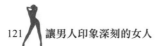

老處女偶爾也和男伴上街，男人都是次等動物，和他們燭光晚餐，簡直是無聊透頂，但也得調劑一下，每一次都感嘆：為什麼該約我的不約我？約我的都長得像一具殭屍？

如果一年有一次就好了，但通常都是數年才一次地出現了一個她們不覺得是言語枯燥的男人。而且這種男人都是已經有了老婆，起初不太肯和他們出去，吃過幾次飯後，實在忍不住空虛，給他就給他吧，裝成三分醉意，便和他們上了床。

正以為進入溫柔鄉，這男人像灰姑娘一樣，十二點鐘之前打著領帶要走人。躲在房內看電視。啊，那洋妞一個人到酒吧去，各個俊男前來搭訕，多麼令人羨慕！輪到自己，哪有這種勇氣？而且現在愛滋病那麼流行，一失足成千古恨。

找一個好好的男人嫁了，不就免了寂寞的煎熬嗎？但也不可以隨便找一個阿貓阿狗呀！最好是個白馬王子，啊，我要嫁一個白馬王子！誰不知道妳們想嫁一個白馬王子？妳們早在二十年前已經那麼想了！

老處女自相矛盾，便墮入痛苦的深淵，這是自取的，不值得同情，這些老處女是壞的老處女。

好的老處女不是這樣的，適婚年齡雖然已經過去，但她們並沒有時間去介意，過得快快活活。

工作能力上，她們不遜任何一個異性。遇到蠢男人，三言兩句，已經令他們自愧形穢。

父母的催促，友人的勸喻，她們當成耳邊風，但也唯唯地假裝用心聽，對自己的未婚，不想作太多的解釋。

自己有了信心，她們的鏡子前面不需要有太多的化妝品。名牌衣服、鞋子、手提包，可有可無，戴一塊小小的玉，值不值錢並不重要，心愛就好了。

她們的頭髮不會太短，保持一定的女性化，但也不留得長得難於整理，喜歡自己洗頭，她們愛乾淨，常常洗，事後用手指輕輕地把頭髮揉乾，討厭吹風機。

這種習慣大概是出自她們單獨旅行的時候，幾件衣服放入背囊，上路去了。歐洲到過多趟，東南亞熟悉得很，非洲冰島比較好玩，印度也不嫌髒。

回到香港，她們會燒一餐好好的晚飯給自己吃，不就東打電話西打電話地叫些外賣送來，每一晚都是不同的食物，貴一點也不在乎，不能刻薄自己呀！

遇到值得欣賞的男人，稱心當晚就叫他們來家裡過夜，哪管他結了婚沒有？但是她們不會蠢到不叫對方做完善的安全措施。和打網球一樣，性是健康的。

結婚的念頭當然有，一閃而過罷了，反正有所謂緣分這件事。來就來，不來也不惋惜，早點來更高興，遲的話，六、七十也不打緊，只是個伴嘛。

老處女萬歲。

叫二奶很輕鬆

真搞不清楚，為什麼二奶一定是狐狸精，永遠是不值得同情的？人有好有壞，二奶也是人，當然其中有好的，只是大多數沒那麼幸運遇上罷了。也並不是一開始就想做二奶的，命運的安排，讓一些善良的女人沒機會做大老婆。一切，出於無奈。

一般的二奶為了填補心靈的空虛，拚命在物質上滿足自己，向男人要的錢，愈多愈有安全感。這不能怪她們，男人欠她們許多，要是能用錢來抵償，已太便宜。其中也有一些不同的，錢對她們來講是身外物，她們要求的，是男人多和她們在一起。

這也不夠瀟灑，男人在禮拜天週末必得和家人孩子共度，生日也不會與她們過，她們病了，也不會天天看顧，如果女人連這一點都看不通，也沒有資格做二奶了。

聰明的女人，接受事實。男人來到，當成撿得財富；他們不來，等於是丟掉些貴重的東西。雖然可惜，也不至於搞得捶胸扯髮那麼悲哀。

二奶有自己的生活圈子，和父母親飲茶去也。偶爾召集三個不大願意常見的八婆朋友打打小麻將，或與談得來的友人結隊遊玩。不必男人每天澆花，也活得逍遙。

個性是重要的，女人知道當今的社會，經濟獨立才和男人有平等的地位，她們有自己的工作，或獨創事業。這一來，男人忙得交關不能見面時，她們自己也在埋頭苦幹，不去想那麼多東西。

這些有個性的女人，必然有獨特的人生觀。對家人永遠的「為什麼還不嫁」的問題，只是一笑置之。對長舌婦的「妳真可憐」的安慰，只覺得妳更可憐。

能夠有個丈夫，成為大老婆當然更理想，但有時看到舊同事嫁了一個毫無生活情趣的人，還要為他生幾個兒女，未老先衰的樣子，才毛骨悚然，恐怖到極點呢！

起初，好女人有大把拜在她們石榴裙下的男子，但大多數看不上眼。有些一吃飯，便賴著厚臉皮要求上床的，更覺輕浮。自己有點喜歡的，又不肯前來示愛。太強的自尊心令她們不主動，眼睜睜看著一個個溜走。

終於找到了一個理想的男人，談戀愛數年，論婚嫁自己還在猶豫當中，發現這男人只追求自己的事業，對錢愈看愈重，到底是個庸俗的人。但已賠了那麼多的青春，得過且過吧。這時，忽然，他媽的，這小子居然還去搞別的女人！算了，算了，認倒楣，居然栽在這種人手上，即刻堅決地一刀兩斷。

必經這些挫折，好的二奶，由此產生，她們畢了業，知道人生是怎麼一回兒事。

經過一段靜如死水的日子、在寂寞時，回憶起與這男人性愛的高潮，有點濕濕，但一想到他品味的低俗，又咬牙切齒，沖個冷水澡，翌日又上班去。

偶爾捲起波瀾，重逢那些由手指縫中跑掉的老朋友，大家燭光晚餐之後，本可依偎在他懷中，豈知這個男人竟然來一句：「我的太太不了解我！」

啊，太賤了！

再多數年無性的生活。終於，有一天，出現了一個穩重而成熟的男人。

在和他談話之中，妳發現認識的東西實在太少。在妳一向認為正確的道德觀念上，他指出有另外一種看法，而這些觀念，是妳所能接受的。

這男人靜起來有種說不出的威嚴，動起來比所有的年輕人更敏捷。還有那個要人老命的幽默感。每一句話，每一個詞眼，都能令妳笑得由椅子上掉下來。

當然這男人已經有老婆，他不會瞞妳，但他也不會為提而重提。只當成既有的事實。唉，好男人，在這種年紀，沒有老婆的話，不是戀母狂就是同性戀了！

還是少見為妙，再發展下去，也沒什麼好結果。

但是有一股很強烈的慾望，等待他的電話。因為和他談天，才知道什麼叫做心靈的交流，才明白什麼叫做思想上的衝擊。

雖然沒有身體的接觸，他已經用語言在妳身上撫摸，令妳腦中產生一陣一陣不停的高潮。

管那麼多幹什麼！以身相許。

做了二奶，是多麼地順其自然，還談什麼罪惡感？

內疚使到這男人對他的大老婆更好，性生活更有幻想力。不斷的抱歉變為對二奶愛護、憐惜，永遠地照顧她們，希望有個比自己更好的男人出現，抱著嫁女兒的心情，讓她們有個好歸宿。

分手的一天終於來到。最好是在泰姬瑪哈陵話別。印度的泰姬瑪哈陵在月光之中，是天下最美麗的情景，但究竟是墳墓，也是不祥的，據傳說，情侶只能於白天到此一遊，要是在月光之夜看到，必定分離。

回到新伴侶的懷抱，充滿歡樂。但也有點悲哀。由舊情人的豐富人生經驗學習，自己已是個豁達的女人。倘若這段婚姻太枯燥，也不打緊，周圍有的是：男性的二奶。

啊，真輕鬆。

4

讓男人想逃離的女人

八婆的形成

看從前的照片，各個八婆都有點可愛的影子，至少濃厚的青春尚存，不然怎麼找到現在的老公？

從什麼時候開始，無邪的少女變成饒舌的八婆呢？絕對不是一朝一夕，那是秒分時日月年漸進式的累積。

最初，說人家的壞話以為是保護丈夫和兒女，其實是自己好吃懶惰，無可事事，有什麼好過閒言閒語？

丈夫在賺錢之間，接觸的人多了，在商場中也能進步，但八婆停留在一個階段中，因為她們接觸的，只是髮型師，和美容院中亂擺的八卦週刊。俗不可耐的醜聞，八婆們當成第一手資料，津津樂道。

先生們事業上的成功，八婆們都以為是自己一手造成。當然，煩不勝煩的老公，唯唯是道，因為，他們已經疲倦，不想再花時間反駁，投降是最好的選擇。當今的兒女又是老人精，絕對會看臉色做人，對老母的無理要求，也學會了像老爸一樣唯唯是道。

丈夫用的手下，看到老闆已經不反抗了，還能吭聲？也參加了唯唯是道的隊伍。髮型師更是唯唯是道的領導人。

這時，八婆成了，簡直是呼風喚雨，面目更是可憎。久而久之，老公有了另外一個女人，是必然的事。情婦嘛，做愛咿咿呀呀。八婆嘛，說天花板應該漆它一漆，找個便宜一點的工人！

八婆哭了。唯一解脫，是變成神棍，跟隨大師做善事，唸經吃齋，還是悟不出道理。最簡單的答案，是自己懶，不求上進。說八婆壞話，一定要說有例外，所有八婆讀了你的文章，都以為自己是例外，不然她們罵起人家，還來得個勤快。

專業八婆

忽然，少女已變成八婆。從前純潔的面孔，仔細聽人家說話，而且非常信人。不知不覺之中，少女已只剩下懷疑的表情。

任何事，一聽，即刻右邊的眉毛翹起，斜著眼角瞄對方，嘴唇閉緊，兩邊嘴角向下折去。齙牙的，還閉不住嘴，一張一闔的，比巫婆還要恐怖。

「這個錢包花一千塊買的。」八婆說。

身邊的太太看了，說：「我也買了一個同樣的，只要兩百。」

八婆馬上作出上述的翹眉、斜眼、彎嘴狀：「怎麼可能？」

身邊的太太不和她一般見識，輕描淡寫地：「我的確是花了兩百。」

「塑膠做的吧！」八婆開始以狗眼看人低的態度傷人。

身邊的太太再也懶得向她解釋，把皮包拿出，和八婆的比較。

果然一模一樣。

八婆更吞不下這口氣：「我那個是進口的，妳那個是水貨。」身邊的太太聳聳肩，走開。

只要這麼對付八婆，和這種多疑的人在一起，全身精力都要浪費在無聊的答辯上，一點用處都沒有，對社會和人生，亦無貢獻。

同樣的情形如果相反地發生。八婆買了一個六百塊的皮包，看到對方付了一千元的話，八婆並不為自己買到便宜貨而開心，她一定心裡想：「呀！我買到了一個水貨。」或者是：「呀，我那個是塑膠做的。」或者是：「絕對有可能她買得比我的便宜！我上當了！」

八婆永遠地埋怨，永遠地做出那個懷疑的表情，因為八婆只在化妝時才看到自己的樣子。不相信自己那麼老，表情就露了出來，每天練習，熟能生巧，已變成專業八婆。

治退八婆

在舞場中遇到討厭的八婆，糾纏不清有下列幾種方法治退：

客氣的是：「我去拿多一杯酒。」

「對不起，喝得太多，要上上洗手間。」

「哎呀！我忘記打電話給我老婆了。」

「我看到一個老友，講幾句馬上回來。」

「那個人很有趣，我去問問他有沒有空，叫他過來介紹給妳認識。」

「糟了，現在才想起還沒向主人打招呼。」

「很高興認識妳，下次再聊。」

不客氣的是：「我去拿杯酒，請別跟來。」

「妳喝得太多，不必上洗手間嗎？」

「給人看到我和妳講話，不太好。」

「妳有空嗎？有？我沒有。」

我們不是想沒禮貌，但是有些八婆真的是太過分了，不這麼對付她們是不行的。記得八婆是蠟燭，不點不亮，若不單刀直入，她們還是打蛇隨棒上，絕對不放你走。

還是倪匡厲害，他有次見到個八婆，前來罵他，倪匡瞪大了眼，望著她，講了四個字的廣東粗口，誰說上海佬發音不準？

舞場中還有些喜歡講葷笑話的八婆，只要她們一開口，講了兩句，便可以馬上說聽過，把最後一句爆出來。她又講另一個笑話時，再可依樣畫葫蘆地阻止她。反正笑話來來去去都是那幾個，誰沒聽過？

當八婆們問你喜歡做些什麼？絕對不可回答說：我喜歡性侵犯女人。因為她們會說很好，還向你媚笑。

如果八婆問你的電話幾號。

儘可以懶洋洋地回答：「說給妳知道，我又得改了。」

最高境界，是當八婆透明，她們講些什麼，你都裝成聾子，一切雜音都聽不到，閉上嘴，停止呼吸，當她們是殭屍。

中太婆

除了自己的媽媽之外，我最怕和其他老女人談天。古人說苦口婆心，這個婆心很恐怖，總以為所有的言論都要為別人好，才肯罷休。

老女人勸來勸去，都是理所當然的話，永遠是阿媽是女人，阿媽是女人。

這些人也年輕過呀！在什麼時候，她們變成這樣的太婆？

話說回來，老太婆也應該有個老太婆樣，無可厚非。最怕的倒是中太婆。

中太婆才四十歲出頭，往往一件小事都可以痛心疾首地皺著眉頭大肆批評一番。發表的理論完全是消極的，擔心天塌下來的，永遠是早知道漲得那麼高就多買的。對生活，一點用處都沒有。

身上穿的也許是名牌貨，手上鑽石亮晶晶，戴個上百萬的錶，但千萬別開口，一開口又是阿媽是女人，閉口又是阿媽是女人。

看她們的身材，沒肥胖到哪裡去，還可以用個幾年呀，但在她們身邊的男人，怎會提起興趣？

中太婆年輕的時候，看得出是有點姿色的。她們的言行變得那麼枯燥無味，絕對是因為她們只和一群八婆做朋友的結果。

那群八婆之中一定有些年紀較大的，聊呀聊，就染上更老的女人的惡習，談話之中必定夾著嘎嘎嘎聲的語助詞，唱起歌來手勢從右到左，像作打人狀。

妳傳給我，我傳給妳。結果，一群八婆的扮相一模一樣。

要是揭發狐狸精，她們是同心合力，團結在一起。打起麻將互相殘殺，誅死你為止。她們只有一句共同的語言：「講給妳聽，妳千萬別告訴其他人。」

不知不覺，我自己也患同一個毛病，我講給你聽的中太婆壞話，千萬別告訴其他人。

管

「不怕官，只怕管。」男人說。

男人不怕官絕對有理由，因為只要他們按期交稅，不要開車開得太快，做官的怎會來煩他們呢？

要管男人的不是官。

是女人。

女人一沒事做，就想到要管人，她們從小要管父親：「爸爸，不要抽那麼多菸！」她們從小要管母親：「媽媽，不要打那麼多麻將！」

到了學校，她們向老師打小報告：「Madam，伍志強又在偷看漫畫！」

回到家裡，她們要管弟弟：「爸爸媽媽說，要是你不好好讀書，就不能出人頭地。」

哥哥在看電視，女人走過來把它關掉。做人的哥哥，已經開始察覺到女人的討厭。

但是，這個時候，女人本能地發揮情感的抗生素，她們會說：「你整天工作，那麼辛苦，回到家就應該好好休息，這一切，都是為你好。」男人聽了只好屈服。

在女人的一生中，只有一個很短暫的時期，會忘記管男人的天性，那就是她們初戀的時候。

這時，男人說的一切都是美好的，一切都是對的，她們含情脈脈地望著你，依偎在你的懷裡：「你說什麼，就是什麼。」

但是，送給男人的一個幻覺一剎那就過去，只要男人愛上她們，女人已經技癢：「我看還是照媽媽的意思，把婚禮弄得隆重一點吧！」

從此，她們侵入男人的保護區，一大巴掌打到男嬰的屁股上：「叫你不許在地上小便！」

推醒熟睡的丈夫：「喂！明天叫裝修師傅來看看房子！那堵牆的顏色難看極了！」

連鎖性的命令，通常包括：「多穿一件衣服！」

「那件藍色的西裝比較好看！」

「不！我喜歡本田汽車！Audi 有什麼好？」

女人將管人的本能推到最高境界，直到有一天，她的好女兒接過棒來，向她們說：

「媽媽，不要打那麼多麻將。」

現在才明白為什麼有那麼多男人喜歡頭腦少了一條筋的女子。她們柔順，她們笑嘻嘻地不發表意見，她們只會整天吃喝玩樂罷了。

有時，你看到英俊高大的男人，身邊有一個很平凡的女伴。不為什麼，因為她們不會管男人，道理就那麼簡單。

忍

美國人的三大離婚原因是：一、經濟理由。為錢爭吵而分開的例子最多。三、意見不合。雙方距離因認清對方個性後愈拉愈遠，直到互相不能容忍。

而第二大理由是什麼呢？

意想不到地，第二大理由是因為老婆在車上指揮交通而引起的。

丈夫要轉右時，太太命令「轉左！」

丈夫要轉左時，太太又命令：「轉右！」

接著下來的指揮是：「直走！轉彎！回頭！超車！紅綠燈照衝。」

接著下來的問題是：「為什麼你不這樣走？為什麼你不走新路？為什麼……」

「你怎麼受得了這種老婆？」我問。

朋友說：「我走了幾十年，怎麼不知道怎樣走？我裝傻，聽老婆的話罷了，這是她唯一的樂趣，剝削來幹什麼？」

答得好，但看到友人的一臉無奈表情，真比爬蟲還要可憐。

不單是美國，指揮交通的老婆，各地都出現。這也要怪丈夫放縱她們，讓她們養成習慣，變本加厲地想掌握一切。要是一大早大喝一聲：「閉嘴！」可能吵幾次後，老婆就不會那麼兇。

忍，並不是解決，最不喜歡的就是這個字，忍忍忍，老婆這隻怪獸就長大了。

這時，她上了朋友的車，也照樣去指揮他們怎麼走，朋友不是老公，只能忍一兩次，下回便不讓她上車，但老公已在眾人面前丟盡了面子，再也抬不起頭來。

漸漸地，朋友一個個疏遠，子女們各自長大，想起母親的魔掌，也少回家，老公終於也離去。孤單的女人，沒有人指揮，愈想愈氣，也死了。

靈柩車橫衝直撞，女人忍不住，由棺材中跳出，向司機大喝：「轉左！」

安排

女人還有一個最大的毛病，那就是喜歡替別人安排一切。

小時候，她們很自然地學會替弟妹安排起居，穿什麼衣服，讀什麼書，幾時起身睡覺。眼睛能見到的事，或者預測會發生的事，她們都一一安排。

大了，這個習慣改不了，便一定要操縱她們的丈夫命運，這是她們認為最偉大的責任。

「吃那麼多煎蛋，小心膽固醇！」

她們把女傭做的早餐收起來，給你一碗麥片。

「中午回家吃飯。」她們決定，其實心中是怕丈夫找午妻。

「晚上不要那麼多應酬！」丈夫乖乖地吃完晚飯後看電視。

「明天一早就要起身，別那麼遲睡！」她們把電視機關掉，穿著廉價的透明睡衣。

到了第二天，她們再把麥片換成淡而無味的白粥。這一個環，無完無了地鎖著她們的丈夫，永遠地安排著一切，在男人來看，安排已經是變成不能忍受的管束，但女人不會了解。

女人還連公事也替丈夫處理：「你向老闆提出加薪嘛。」

「我說不出口。」男人囁嚅地。

「你這麼向他說，你說……」女人喋喋不休。

從此，女人一開口，就是：「你這麼向他說，你說……」

女人以為男人已經沒有腦袋存在，一切都要她教導：「你這麼向他說，你說……」

丈夫還是忍著，腦中幻想怎麼把這個婆娘扼斃，但還要裝出全神貫注地，久而久之，生了個瘤，賣鹹鴨蛋去。這些男人，一向比老婆早死，因為這是唯一的解脫。

女人悲哀，不是因為丈夫死了，是她們再也沒有可以安排的東西，她們的子女早已忍不住離去，孤單的她，可憐得很。她們很希望家族來探親，晚上祈禱：「上帝，叫他們早點來看我吧！祢這麼向他說，祢說……」

都是為你好

男女之間，最不能協調的是管和被管。有虐待狂和被虐待狂的另當別論。作為一個人，「自主」，是多麼的重要！

天涼了，出門時對方為你披上一件毛衣，那是關懷，充滿溫暖。火氣大了，煲一鍋清涼湯。那是愛，甜在心頭。但是，關懷和愛絕對不能超出界限。

「這雙鞋子不好看，換對新的。」

老鞋子愈穿愈舒服，只有自己明白它的好處，又不是穿在妳身上，為什麼要換的？

「多吃幾粒維他命丸，不然會生病。」

捱也捱慣了，小小丸子，就有奇蹟出現？

起初是關心，後來漸漸地變成管。管，是權力的表現，會上癮的，結果什麼都管。

而且，人類很奇怪地常以自己的水準去管人家。知識上，對方會說：那麼簡單的數目，怎麼算不出？體力上，以自己的強健或衰弱來影響：吃得太鹹不好！或者，你為什麼不多做一點運動，等等。

每一個人的身體構造不同，但是都有一個自然的煞車掣，不舒服了就不會再去做，用不著別人來提醒的。

心裡再煩，被管的時候總是默默然地點頭，因為對方有一個最厲害的理由：「都是為你好！」

噩夢

「綁安全帶！」

一上車，女人已經命令。

駕了那麼多年車子，男人怎麼不會做這件事？但還是客氣地：「呀，差點忘了。」

出了門口，男人向左轉。

「轉右！」女人又命令。

「昨天這個時候那條路塞車。」男人解釋，「今天不如換一條路走吧。」

太太顯然地對這個自作主張的部下不滿，但不出聲，心中想：「嘿嘿，要是另一條路也塞車，就要你好看！」

有那麼巧就那麼巧，其他人也聰明地轉道，變成一條長龍。

「轉頭！昨天塞車，並不代表今天也塞車呀！」女人說：「要是你聽我的話做，不是沒事嗎？」

「是，老婆大人。」男人是乖乖地依著女人指定的方向走去。

當然，又是一條長龍，繁忙時間，哪有不塞車的道理？但是女人說：「這條龍比剛才那條短得多！」

「妳看得出哪一條龍長，哪一條龍短，這可出奇了。」男人想講，但忍了下來。閒來無事，兩者又無對話，男人打開收音機聽新聞。

「每天都是波士尼亞戰事，烏干達難民，有什麼好聽？」女人伸手一按，錄音帶播出鄧麗君的舊歌。

後面有輛計程車一直在按喇叭。

女人轉頭，狠狠地瞪了計程車司機一眼，大叫道：「響什麼？趕著去奔喪咩？」

「那些年輕人血氣方剛，聽到了什麼事情都做得出的。」男人低聲下氣地。

「怕什麼？」女的理直氣壯，說完就要按鈕攬下玻璃窗，伸頭出去咒罵。

「別……別……」男人慌忙阻止。

好在計程車司機已經不耐煩，越過雙白線，超了過去。

「跟著他走！跟著他走！」女人再次命令：「老在這裡等著，什麼時候才能趕到？」

「那是犯法的呀！警察抓到會開罰單的呀！」男人抗議。

「人家怎麼不怕？」女的以輕視的目光看著男人：「要抓也是抓他去，你……你……」

男人在女人還沒講到「沒種」這兩個字之前，戰戰兢兢地把車駛出雙白線，超過別人的車子。

忽然迎面來了幾輛車，喇叭聲大作，男人即刻把車子閃到一邊，險過剃頭地避開，捏了一把冷汗。

打躬作揖地要求排長龍的司機讓一讓，才能將車子駕進去，但是他們不賣賬，一車跟一車地貼得緊緊的，絕對不騰出一點空間。

「衝呀！」女人斬釘截鐵地命令。

男人即刻照做。

這次，迎面來的是一輛運貨櫃的大卡車，碰的一聲巨響，撞個正著，賓士的車頭已扁，冒出濃煙。

女人的第一個反應不是看丈夫有沒有受傷，她尖叫：「要是你聽我的話做，不是沒事嗎？」

貨車中跳出兩名彪形大漢，直往車子走來，男人心中叫苦：「完了，這次完了！」

嗡嗡巨響，騎白色大型摩托車的交通警察及時趕到，男人好像得到救星，跳出車子，緊緊地把他抱住。

交通警察大力地把男人一推，大喊：「告多你一條同性侵犯罪！」

「救命！」男人哀求。

交通警察慈悲心發，安慰地：「別怕，有我在，那兩個男人不會打你的。」

「我不是怕那兩個大漢！」男的已經歇斯底里：「我怕的是坐在車裡的那個女人！」

「你說什麼？」太太下車狂吼衝前。

男的落荒而逃。

「喂！」交通警察在他身後大叫：「你的賓士車不要了嗎？」

「車子！老婆！」男的邊逃邊喊：「都送給你！」

交通警察欲跳上摩托車追來，但給其他車輛阻著。男的跑了幾條街，抬頭一看，是結婚前的女朋友住的地方。

男人直奔進女朋友的懷抱：「快點收拾行李，我自由了，我們馬上乘國泰航空到歐洲去旅行！」

女的大喜，抱著他吻了又吻。正當男的覺得一生幸福，由此開始的時候，女的說：「不如坐維珍航空吧。」

「為什麼？我一向慣坐國泰的。」男的說。

女的回答：「聽我的話做，沒事。」

咦？這句話在什麼地方聽過？男人覺察後雞皮疙瘩豎起，大喊：「不，不！」衝出門，男人再跑幾條街，跑回媽媽家裡，直奔母親的懷抱：「我再也受不了所有的女人。」

世上只有媽媽好。媽媽抱著哭泣的兒子，摸摸他的頭：「老早就說那個女人不適合你的了。要是你聽我的話做，不是沒事嗎？」

你在哪裡？

「你在哪裡？」根據一項調查，夫婦對白之中，老婆問丈夫最多的，是這句話。

戀愛之中，男人的回答是：「我希望在妳身邊。」但是專家指出，一對夫婦的熱戀，有個三、四年，已很幸福。家用的壓迫，子女的負擔之下，愛情漸淡，「你在哪裡？」變成了管束。令男人喘不過氣來。

沒趣的男人，很快地衰老；一個長不大的孩子，才是好男人，女人，女人永遠不明白這一點，除了二奶。

大人也需要玩具：從汽車、音響的奢侈，到養魚、種花的純樸，都令他們著迷。二奶也是玩具之一。

女人即刻說：「算了，節省一點，貸款多買一間房子才去玩那些無聊的東西！」

燭光晚餐，大老婆最先反對叫那瓶較好的紅酒，盡點些鋸不開的牛排、豬排。

行過山頂那家極有品味的咖啡室時，大老婆帶男人走進百佳、惠康（註7：香港超市名。），大喊：「衛生紙又漲價了。」

女人的毛病是從一個可愛的少女，一秒一分，一刻一時，一天一年地，變成一個殺夢的人。

不過，她們有一千零一個理由為她們的行為作出辯護：「你以為養這個家是那麼容易的嗎？」她們忽視男人的血汗，一切都是由她們「養」出來。

好，妳養我也養，你養家吧，我養二奶，男人咭咭地笑了。

男人只有和二奶在一起的時候方找到做男人的尊嚴，在大老婆的面前，他們是一條蟲罷了。

和二奶在一起，男人才有辦法再次地變成頑童，他們記得搔對方的胳肢窩是怎麼一回有趣的事。

在兒童心理學中，小孩子最討厭的事就是被人家管、管、管、管，我們都是在被管之中長大為大人的，每一個大人的身體中一定有一個小孩，喊著我要出來，我要出來！這個小孩一被扼殺，人生的原動力即刻停止。

和蠍子要螫死對方的天性一樣，女人必須統治，這才對她們的人生產生意義。

君不見任何的家庭，權力最大的是祖母，不然就是母親，哪裡輪到男人說話的？

女人克服對方不在一朝一夕，她們是時時刻刻地、逐漸式地侵蝕過來，她們的長期抗戰的工夫，共產黨也要向她們學習。

男人在精疲力倦之下已經覺得反抗是多餘的，他們很快地學會投降，是最不花氣力的。

本來跪了下來，可以相安無事，但是女人天性地趕盡殺絕：「穿這件吧，這件好看。」「頭髮那麼長，剪了吧。」「快把那雙破鞋丟掉。什麼？新鞋不舒服，穿多幾次就舒服了，買對新的！」

到男人一點呼吸的空間都沒有的時候，女人又要哭：「是關心你呀！一切，都是為你的，你反而要說我管你，真是好心沒好報！」

有時一天來幾次電話，到你的辦公室，到你的健身院，到你吃飯的餐廳。現在有了手機，更是要命，她們說：「你在哪裡？」

早已經告訴她們我在辦公室，我在健身院，我在餐廳，但是女人還是要問：「你在哪裡？」

「哎呀！問你在哪裡，有罪嗎？」女人又哭了。

你在哪裡？就是要管你在哪裡，就是要查問你的行蹤，就是要管你的行為，但是女人永不承認，她們又說：「我關心你呀！」

好了，這時候男人的狩獵本能爆發，在又聽到「你在哪裡」的時候，像大力水手吃到了菠菜，偷情的本領愈來愈大，沒有任何一個女人可以抓得住。

在短短的一兩個小時午餐時間先來一下。晨運和遛狗再來一下。男人的感覺愈磨愈尖，說大話的本領已到不眨眼的程度。

「你在哪裡？」「我在開會。」「你在哪裡？」「我在加班。」「你在哪裡？」「我在餐廳談生意。」

「怎麼這麼忙？」女人大喊。

男人心安理得地回答：「多賺一點嘛，中西合璧情人節時，替妳買個戒指，為妳好嘛。」

中西情人節，要十九年才一次。女人還聽不出來，感動得很。對她們一好，女人開始擔心了。老話說，當丈夫對妳特別好的時候，是妳擔心的時候。

男人做過之後心有內疚，當然對老婆愈來愈好，終歸，男人是顧家的，家中這位老婆到底是戀愛後的產品，聰明的男人不至於為了二奶弄到家破人亡。而聰明的女人，學會放丈夫一馬，大家除了做夫婦，也可以做朋友。婚姻最圓滿時，也是大家成為老伴時。

在女人不明白這一點之前，她們還是要問「你在哪裡？」有些男人乾脆回答：「我在二奶這裡！」但是撕破臉，到底是下下招，是不值得這麼做的。

最高的境界，無比的絕招，是男人和二奶上床時，拿起電話，問大老婆說：

「妳在哪裡？」

老婆的故事

「我的老婆，任何一個話題，她都能喋喋不休地說個老半天。」一個人向另一個人說。

另一個人嘆了一口氣：「我的老婆也會，她還不需要話題呢。」

孩子們為父母親的結婚二十五週年銀婚開慶祝會。請爸爸說二十五年的快樂時光是怎樣過的。

爸爸起身：「是的，我有過二十五年的快樂時光，然後我娶了你們的媽媽。」

有個人跑去警察局報案，他拿出了一張照片，向警察說：「我的老婆失蹤，請你們替我找她回來！」

警察看了照片一眼，問道：「為什麼？」

一個男人有點意思了，跳進床上，準備和老婆來一下。

但是他老婆嘮嘮叨叨地談物價的事：「什麼東西都漲、漲、漲，蔬菜也漲，洗髮精也漲，衛生紙也漲，我真希望有一樣東西不漲。」

男人說：「妳的願望達到了。」

一個人病得快要死了，他的部下來找他談他的遺囑的事。

「有什麼不妥嗎？」肥鵬問。

「我想你把遺囑搞錯了，」手下說：「你說你每年留五十萬給你太太，如果她不結婚的話，要是她再嫁人，你就給她一百萬。這不對吧？」

這個人說：「沒錯。娶到她的那傢伙太可憐了，應該有多點錢用。」

兩個男人在談論宮雪花。

「宮雪花有什麼好？」一個說：「沒有了那對大眼睛，沒有了那個大胸部，像什麼東西？」

另一個嘆一口氣：「像我老婆。」

復仇

有時也很難怪男人忍受不了女人的。

我一個朋友結婚了二十五年，他和太太之間的個性，互相已摸得很清楚。朋友是位很守時的人，凡有約會必提早抵達，從不遲到，但是和太太一起出門，他們很少準時赴約。

「這不是我的錯，要怪怪她！」朋友想當眾指責他的老婆，但是為了要給她面子，這句話還開不了口。

有兩個小時的準備，友人太太還是東摸摸西摸摸，他開始不安，向老婆說：「快一點好不好？」

「呀！」太太大叫：「你急些什麼？」

被罵得多，他便一直忍，忍到差不多：「再不出門便要遲到了。」

「這裡去最多半個小時，早去還不是要等？」太太說。丈夫看錶，差十分，差五分，差一分，終於太太梳好頭，穿好衣服，可以出發，丈夫捏了一把冷汗。

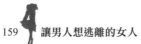

但是每一次都是一樣的，鎖門之前，太太必然忘記帶皮包，忘記帶禮物，忘記帶化妝品，總有一兩種東西記不起，永遠出不了門。

時間又是一分鐘一分鐘地過去，丈夫的細胞死了又死。出門又遇到塞車，這時丈夫只希望少遲一分，是一分。

終於在全桌上只空著的兩個空位上坐下，女的若無其事，男的已滿臉通紅。

「妳明明知道我是最不喜歡遲到的，為什麼這二十五年來，妳要那麼折磨我？」朋友想向他老婆咆哮，但只會向我訴苦：「我怎能再忍受呢？我快瘋了。」

我懶洋洋地安慰：「她再弄遲一次，你和情婦上床時，就少內疚一次，這是最好的復仇辦法。」

友人聽了大喜，結果瘋不了。

問題

女人一和男人結婚，腦筋即刻有問題。

第一，她們要用你的姓，如張李美玲、趙陳珠珠等，她不能再告訴親戚朋友她還沒嫁人。

在她以為是一輩子要和同一個男人生活在一起的時候，她變成占有力太強、壓迫感太重、消極思想太厲害、攻擊性太嚴重的個性。綜合以上的缺點，她已成一個瘋婆。

要知道，當性和愛漸漸隨著歲月消失之後，女人將發覺男人所有的短處，包括他的性器官。男人在女人的眼中，他與他的祖先猿猴沒有什麼分別；女人在女人自己的眼中，是一朵玫瑰。

對著這個愚蠢的丈夫，她非得保護自己不可。這她們很容易適應，因為她們天生具有抵抗敵人的本能和工具：手臂、腳、肘、膝、指甲和牙齒。

更犀利的，是她們的聲帶，這是世界上最獨特的東西。男人用來當語言，女人的想像力豐富，將聲帶造成嘶叫、哀鳴、哭啼、狂吼……

這還不算兇狠，女人目標很準，她會扔酒杯、菸灰缸、桌燈和椅子，甚至一隻活的貓，百發百中。

如果你認為已婚雌性動物的腦筋沒有問題，那你自己的腦筋已有問題。

逃避官能

已婚雌性動物最大的願望在躲開一切。尤其是在躲開自己的丈夫。但是當她們做不到時，她們只有靠幻想，不離開家庭地幻想。

精神分析家稱之逃避官能。

本來，她們可以寫寫詩、插插花，或者做男人所能做的種種事。

不過她們寧可在家裡看天花板。

別以為不做事是因為她們不夠才華。其實，她們是把時間更積極地使用，她們用來沉思。

這世界上有數億的女人現在躺在沙發上，喘著氣，愈想愈興奮地考慮如何離開她們的丈夫。

不是每個女人都這樣的，你說。對，有些女人的確能分清楚什麼是事實，什麼是幻想；她們會只相信親眼看到的東西，而她們看到的，就是電視。

愛情連續劇、綜合性節目、猜獎大賽，是她們的聖經和知識泉源。

看電視對女人來說也要付出勞力的，她們一天要離開沙發數次去轉臺。雖然有一個叫遙控的小玩具，但畢竟要動用到拇指和食指。

就算有一天遙控也省了，女人會再幻想：如果不必起身到洗手間有多好！

歸

已婚雌性動物有一種特別的才能，那就是她們可以製造一千零一個理由讓丈夫們怕回家。

首先，你會認不得這是自己的家，因為她們總喜歡把家具搬來搬去，到最後還是回到老地方。

當你已是精疲力倦的時候，她們會喋喋不休，連鄰居燒了什麼菜都告訴你。最終目的，是她們會盡量地讓你快樂；讓你感到有了她們，你才快樂。

廚房裡傳來的煙油味永遠是一樣，不是金寶罐頭湯，就是梅林牌午餐肉。

睡房中，一個丈夫只能躲在棉被底下才能避開妻子的無聊的猜疑：今晚不要來是不是和其他女人來得太多了？今晚為什麼要來，是不是其他女人為你進了補？

有了嬰兒更糟糕，他一生下來就知道自己的威力，要什麼東西，他便大聲尖叫。

他的母親認為這是健康的現象，自己只管看電視，叫老公去搞定他。嬰兒一看老子是好欺負的便一次又一次的嘶叫，太太看丈夫這一點小事也做不好，比嬰兒更大聲地向丈夫嘶叫，最後丈夫生氣了，又向太太嘶叫。

這時嬰兒才大樂睡覺。

歷史上的勇士，是視死如歸。唉，這一班可憐的丈夫，怪不得，是視歸如死。

當女人變成神棍時

小時候見奶媽求神拜佛，甚不以為然。

「靈嗎？有用嗎？」問道。

奶媽以她最簡單、直接、純樸的道理回答：「拜時什麼都不用想，已是福氣。」

當年，我是聽不懂的。但是奶媽的神情是自然的，是慈祥的。

漸漸地了解片刻安詳的重要，再也不敢疑問女人為什麼那麼迷信。但是在今天的觀察，發現求神拜佛已變成一件討厭的事。

天真可愛的少女，很少信佛，她們最多跟姑媽們到廟裡走走，胡亂地朝拜一番，只覺好玩罷了。

不知什麼時候開始，少女開始不吃牛肉。

失戀、做錯了事、祈求運氣的轉變、自信心的動搖，女人盲目地參加了宗教的行列。

從不吃牛肉，變本加厲到每週吃一天齋，直到放棄吃任何肉類，完全素食為止。

接著家中設了佛壇，購入香爐，添上念珠與木魚。偶像由明星歌星變為菩薩觀音、天后娘娘和關公的時候，是由她們嫁了人，情感或經濟上出了問題而開始的。

一個好端端的女人，忽然，有一天，她跪在地下，手舉重棒亂敲一番。問她幹什麼？回答說在打小人，當然這個無辜的紙公仔，是狐狸精的替身。

一個好端端的女人，忽然，有一天，她對著一張印著「貴人」或「財神」的小紅紙膜拜。

一個好端端的女人，忽然，有一天，她做什麼事都要看過黃曆才能行動。

接著下來的是看到她們把床由這個角落頭移動到那個角落頭。問她為什麼？回答說風水不好。

包給風水師傅的紅包一個數千元，大量的金錢還花在巨大的辦公室上，酬金以中國舊尺寸計算，不是現代化的公寸公尺。

將任何錯誤都歸咎在生辰八字上。女人常常在算個老半天，才發現她們的父母，連她的誕生時間是早上或晚上都搞不清楚。

更多的金錢注入在看命看相上，左看右看，女人的結論是看命師傅所講的，好的不準，壞的一定來。

人類的求知慾極高，不斷地尋求答案。人生有何意義？男女為何邂逅？我們很冷靜地從加減乘除，到邏輯，更以哲學來分析。當哲學也解答不了的時候，我們只有向哲學的老大哥宗教請教。老大哥說，「男女為什麼相遇，很簡單，是緣分嘛。」

從此，緣這個字一直存在我們的生活之中。

女人不同，她們信仰宗教絕對不是為了做學問，談哲學也毫無興趣，怎會去研究佛經？

記憶力好的會把整篇大悲咒背下來。差一點的唸唸最短的心經，但是般若波羅密多是什麼意思？義大利文或是客家話，不求甚解。

女人拜佛絕大多數是有目的的。要求諸事，一跪在神明面前即刻索取：求老公快點拋棄二奶、求兒女入間好學校、求一筆橫財、求菲傭聽話不偷錢、求……而且，她們還向神明開條件，如果一切如願，明年才燒乳豬來還神。

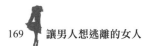

問女人說弘一是誰？十個有九個不知。

最討厭的是隨便地跟著一個三四流的和尚，法師前法師後地打躬作揖，然後聽了一點似是而非的道理，便把這個輪迴理論向周圍的八婆重播又重播。這些和尚說的不過是禪學中最基本的故事，已聽過幾百次，和尚還當寶地舉行大會演講，叫人捐錢，真是佛都有火。

當女人也變成神棍時，最開心的應該是她們的老公。嘻嘻嘻，妳愈花時間去拜神，我愈多空間到外面鬼混，反正妳們愈來愈慈善，有一天把二奶接回家來妳們也不發脾氣了，嘻嘻嘻。

可憐的女人，為什麼求神拜佛？總結起來，答案只有一個：因為她們寂寞。求精神寄託的方法多得不可勝述，刺繡、種花、古箏、閱讀，只是萬分中之一，每種知識都可變成一門專門學問，只要向神壇爭取回一部分的時間，每個女人都可尋回無限的人生樂趣。

弘一法師最常用的一句話是：「自性真清淨，諸法無去來。」連德高望重的高僧都教妳們不必拘泥了，為什麼妳們是愈陷愈深地把自己當成老尼姑？

對宗教發生興趣是件好事，步入中年，不管男女，都能在禪學中得到安寧。認識的一些好女人也拜佛，她們的態度是超然的，不強求的。信信風水命相，當成參考，心安理得，命運還是掌握在自己手中。

宣揚看開的女人神棍，自己最看不開。看開了，默然微笑，還有必要向人聲嘶力竭地宣揚？

保持自性真清淨的少女心態去信佛，最令男人著迷，永不厭倦的。

當了神棍的女人，只能面對丈夫軟綿綿的生殖器。若有性要求，神明也幫助不了，剩下的是那枝木魚棍。

不能共存的女人

在香港這麼多年，屋子也沒買一間。友人大為嘆息：「早知現在漲到一千四百萬，應該在三百多萬的時候買下來。」

粵人有句話：「有早知，冇乞兒！」（註8：揶揄世事難於預料，此句多數諷刺別人在為所做的事情而後悔或埋怨。）

對於這些馬後炮，我深深地厭惡，恨不得叫這種傢伙早點去死。

還有，一喝酒便把老話重複又重複的人，我也深深地厭惡，恨不得叫這種人早點去死！

更糟糕的是，有些清醒的人，也患這種毛病。如果他們問我地址，我會回答：「告訴了你，我又得搬家！」

年紀一大，自己也免不了重播一些故事，我常自我提醒，如果遇到不能肯定的話，先問道：「我有沒有告訴過你，我曾經……」

要是對方點頭，我即刻轉換話題。如果忍著，表示願意再聽一次，那不妨再述，反正每一個相同的故事，在不同的地點和時刻，都有相異的版本。有些是百聽不厭的。

「結婚時他是那麼英俊瀟灑，想不到現在長成這個樣子！」肥胖的中年女人向我投訴。

我看著她，心裡直罵：「豬玀！豬玀！」

電臺訪問，有些人理直氣壯：「當年殺學生，以為憤怒是對的，現在想想，原來他們有他們的道理！」

聽了，心理直罵：「走狗！走狗！」

「早知道，在一萬點的時候，已經把全部股票賣掉！」某某富豪說。

我瞪著他，大叫：「笨蛋！笨蛋！」

他聽了低頭同意：「是笨蛋！是笨蛋！」

最無聊的還有「想當年人」。

「想當年，我什麼沒有擁有過？勞力士、賓士汽車、東方舞廳紅牌……」喋喋不休地。「想當年人」永不停止地出現在我眼前，他們講完一輪後轉頭看看背後有什麼東西，怎麼值得我那麼注意？

牆壁罷了，當他們是透明。

有些在大機構做過經理人或公關的，拿了雞毛當令箭，專門刁難有事相求的來者，惡劣到極點；但很奇怪地被炒魷魚之後，還有另外一間公司來請，真是愚蠢到可憐，為什麼會僱用一個得罪全天下的人來得罪全天下？

已經學會看面相，凡是長得白淨淨，戴金絲卡地亞眼鏡，皺著眉毛嘴陰陰笑的男人，沒有一個是好的。別以為電影中才出現這種反派，看看八卦週刊，常有這種人被訪問，避之避之，切記切記。

講話時以嘎嘎，Huh、Huh 聲來加重語氣的，絕對是抓到一點點權力，即刻要使盡的人。曾經見過一個在機場負責寄放行李的，對急著來提皮箱的旅客，就是那麼嘎嘎、Huh、Huh 地教訓。

更可恥的是，向洋人以英語演講時，笑得兩邊酒渦深入，牙齒像麻將一樣大小整齊的；對中國人發表意見，便板著臉嘎嘎聲的女人，電視常見。

有些人心地不壞，但很長氣，看到人家吸菸，花一兩個小時去勸人戒掉，糾纏不清。

我在吞雲吐霧時，這種人在我旁邊坐下，馬上以青白眼視之，他們被我盯得心中發毛，連忙解釋：「不，不，我反對的，是兒童吸菸！」

遇到一定要堅持自己的理論，拚命想說服對方的，我會懶洋洋地：「所有辯論是多餘的，你要說服我等於你要用你的思想來強姦我。一種米養百種人，這個世界才好玩。都是豁達的人，或者全是蠢材，那多沒趣！」

天下最恐怖的，還有在你背後插刀，在你面前又一直拍馬屁的。就算當面罵他們，他們還瞪大了眼，假裝不懂你說些什麼的人。

猶太式的假聰明笨蛋老女人，也討厭到漏油。

你說什麼，她們一定插嘴，而且一定要贏過你：「今天天氣不錯。」「呀！夏威夷的天氣更美好！」「我昨天遇到葉錫恩。」「呀！司徒華下午才和我喝茶！」「我到陸羽吃點心。」「呀，阿一鮑魚才好吃！」「我們晚上到幸德信家中看畫吧。」「呀，我們家裡不知道有多少幅畢卡索！」

到最後，大明星瑪麗蓮・夢露也和她握過手，音樂家巴哈是她老祖宗的親戚！什麼大話都胡謅得出。

「呀！你是寫文章的嗎？我來教你！」

「呀！你是拍電影的嗎？鏡頭應該這麼擺才對！」

她們比任何專家還要專家，做出一個你什麼都不懂的表情，然後翹起一邊嘴唇。

怎麼忍受？怎麼忍受？

終於當頭一句：「Fuck you!」

她們回答：「You're welcome!」

死了，死了！毛骨悚然，全身雞皮疙瘩並排豎立，打個冷顫，即刻傷風感冒！十八年前吃過的東西全部吐出來！

人生已到一刻都不能浪費的地步，能享受一秒鐘是一秒鐘，遇到上述討厭之人，只有借用板橋鄭老的一句話：「……年老神倦，不能陪諸君子作無益語言也……任渠話舊論交接，只當春風過耳邊！」

5 男人的真心話

味

女友問我：「男人心目中的女人味是什麼？」

我回答：「會發生三種現象。」

「哪三種？」她問。

「第一，」我說：「即刻令男人有性的衝動，馬上想和她上床。」

「太直接了吧？」她說：「也太過簡單，怎麼只有性，沒有別的？」

「妳問的是男人的觀點，男人就是那麼直接，女人不懂。」我說。

「好，那麼第二呢？」她又問。

「第二是令男人覺得其他女人都失色了。」我說：「一直想在她身邊流連。得不得到她，不要緊。」

「好像能理解。」她說：「那麼第三種現象呢？」

「第三，是雖然不肯離開她，但是又要離開她。有女人味的女人，令男人自慚形穢。」我說。

「好在我沒有。」她拍拍胸口說。

我想說：「我的目的，就是講這句話。」但是沒有開口。有女人味的很寂寞，多數因為寂寞而給男人追到手。

「氣質呢？」她問：「什麼叫氣質？」

「和女人味一樣，有女人味就有氣質，發生的現象，也相同。」

「是不是可以培養出來的？」

「一半，一半。」我說：「天生一副懶洋洋的個性，也造成女人味，不是後來可以學習得到的。」

「那麼什麼是男人味？」她問。

「男人味發生的現象，只有一種。」我說。

「那是什麼？」她追問。

「令女人暗戀一輩子，永遠開不了口告訴他，就是男人味。」我拍拍胸口說：「好在我也沒有。」

頭髮與髮式

女人的頭髮，看慣了就順眼，像我們自小接觸古裝劇，對她們打的髻能夠接受，反觀韓片宮女頭上的，就覺得有點可笑。

我一向喜歡長髮姑娘，垂直湯麵掛臉的，最好看了。不然，一頭蓬鬆的捲曲長髮，亦甚可愛。對長髮的印象，來自奶媽，或打辮、或結髻，都優雅。

忽然，在《羅馬假期》看到奧黛麗．赫本的男生頭，嚇得一跳，這完全違反做女人的規則嘛，好在她長得不難看，不然，一輩子將憎恨把頭髮剪短的女子。

再怎麼多看，也不會覺得非洲女人細曲頭髮有什麼美，短起來一粒粒仙丹，長了像一條條毛蟲，下輩子轉世做個非洲漢，才去欣賞吧。

金髮女人，像擁有瑪麗蓮．夢露的嘴唇和身材的，笨了都不要緊。長髮雖說是金，有時看起來像灰色，個個都是白髮魔女。

歐美女子的頭髮，最美的是所謂 Chestnut Color 栗子色，棕色之中有黃金的光輝來間隔，非常漂亮，不管是長的或短的。

西方女人，一長了黑髮，就有野性，義大利的多，少女時期魅力不可抗拒。但義大利麵吃得多，一下子胖了，什麼顏色都不好看。

紅髮的女人相當恐怖，只有幾位好萊塢美女，舉個例像朗黛・佛萊明（Rhonda Fleming），那頭鬈髮像一團火焰，美不勝收。有些染紫、染綠，違反天然，說什麼也是人工的，裝在機器人頭上吧。

再次驚奇，那是看到東方女子的黑髮，一下子消失了，大家都染棕染赤。除了窮困的緬甸和柬埔寨，東南亞再也看不到一個黑髮的，令人惋惜。

也不是全黑和長髮的我都喜歡，看到《四谷怪談》中的黑長髮，就想起鬼來。

而一輩子最討厭俄國女人的金髮，她們還梳起辮子，在頭頂上纏了一道，曾經常在電視上出現的，烏克蘭前女總理季莫申科就有這種髮型，看來好像一架拖拉機在喊口號，毛骨悚然。

腦

和小朋友喝茶談女人。

「我們女人什麼時候開始老，你看得出嗎？」小朋友問。

「看得出。」我說。

「這麼厲害？說來聽聽。」

「當她們後頸上的毛脫光了，就是開始老的現象。」我說。

「哇，這也給你看出！」小朋友說。

「還有一個現象。」

「快說來聽聽。」小朋友急了。

「在她們喝檸檬茶的時候。」我宣布。

「什麼？女人的年齡和喝檸檬茶有關？」小朋友不相信：「男人喝檸檬茶呢？」

「女人在喝檸檬茶的時候，喜歡用茶匙拚命把那幾片檸檬擠乾。這時女人孤寒的本性，男人就不會那麼做。當女人做這種劇烈的動作時，露在外面手臂的肌肉就會震、震、震搖動，愈擠得厲害，搖晃得愈顯眼，不相信妳試試看。」我說。

小朋友拚命擠面前的檸檬。

「好險，好險。」小朋友拍拍心口。

「總有一天妳自己也會看到的。」我說。

「你怎麼那麼殘忍？」小朋友大叫。

「不是殘忍，」我說：「只要妳們接受事實。老，並不是有罪的。一定發生，千萬別笑別人老。」

「所以男人都喜歡年輕的女子。」她問。

「也不一定。」我說。

「如果我是男人，我也會選年輕的。」小朋友說：「年紀大的女人有什麼好！全身肌肉都鬆弛。」

我笑了：「床笫間的事，一下子就做完。情侶還是需要溝通的。有時男人並不是和肌肉做愛，是和頭腦做愛。妳以後就懂。」

看人

人活到老了，就學會看人。

看人是一種本事，是累積下來的經驗，錯不了的。

古人說：人不可貌相，我卻說：人絕對可以貌相，我是一個絕對以貌取人的人。

相貌也不單是外表，是配合了眼神和談吐，以及許多小動作而成。這一來，看人更加準確。

獐目鼠眼的人，好不到哪裡去，和你談話時偷偷瞄你一眼，心裡不知打什麼壞主意，這些人要避開，愈遠愈好。

大老闆身邊有一群人，嘻皮笑臉地拍馬屁，這些人的知識不會高到哪裡去。雖然說要保得住飯碗，也不必做到這種地步，能當得上老闆的人，還不都是聰明人？他們心中有數，對這群來討好自己的，雖不討厭，但是心中不信任，是必然的事。

說教式地把一件不愉快的事重複又重複，是生活刻板的人，做人消極的人，這種人盡量少和他們交談，要不然你的精力會被他們吸光。

年輕時不懂，遇到上述這些人就馬上和他們對抗，給他們臉色看，誓不兩立，結果是給他們害慘。現在學會對付，笑臉迎之，或當透明，望到他們背後的東西，但心中還是一百個看不起。

美醜不是一個很大的關鍵。

我遇到很多美女，和她們談上一個小時，即刻知道她們的媽媽喜歡些什麼、用什麼化妝品、愛駕什麼車。她們的一生，好像都濃縮在這短短的一小時內，再聊下去，也沒有什麼話題。當然，在某些情形之下，你不需要很多話題。

醜人多作怪是不可以原諒的。幾乎所有的三八八婆都是這一個典型。和她們為伍，自己總會變成一個，一字曰八，總之總之，碰不得也。

愁眉深鎖的女人，說什麼也討不到她們的歡心，不管多美，也極為危險，這些人多數有自殺傾向，最怕是有這個念頭時，拉你一塊走。

這種女人送給我，我也不要。現實生活上也會遇到的，像林黛和樂蒂等人，都是遺傳基因使她們不快樂。

大笑姑婆很好，她們少了一條筋，憂愁一下子忘記，很可愛的。不過多數是二奶命，二奶又有什麼不好？她們大笑一番，愉快地接受了。

愛吃東西的人，多數不是什麼壞人。他們拚命追求美食，沒有時間去害人，大笑姑婆兼饞嘴，是完美的結合，這種女人多多益善。

樣子普通，但有一股靈氣的女人，最值得愛。什麼叫有靈氣？看她們的眼睛就知道，你一說話，她們的口還沒有張開之前，眼睛已動，眼睛告訴你她們贊不贊成。即使她們不同意你的看法，也不會和你爭辯，因為，她們知道，世界上要有各種意見，才有趣。

我們以前選新人，六、七〇年代中一部片就是上千個，有誰能當上女主角，全靠她們的一對眼睛，有的長得很美，但雙眼呆滯，沒有焦點，這種女人怎麼教，都教不會演一個小角色。

自命不凡，高姿態出現的女強人最令人討厭——她當身邊的人都是白癡，只有自己一個才是最精的。這種女人不管美醜，多數男人都不會去碰她們。從她們臉上可以看出荷爾蒙的失調。

「我還很年輕，要怎麼樣才學會看人？」小朋友常這麼問我。

要學會看人，先學會看自己。

本人一定要保存一份天真。

像嬰兒一樣，瞪著眼睛看人，最直接了。

沉默最好，學習過程之中，牢牢記住就是，不要發表任何意見，否則即刻露出自己無知的馬腳。

注視對方的眼睛，當他們避開你的視線時，毛病就看得出來了。

也不是絕對地不出聲。將學到的和一位你信得過的長輩商討，問他們自己的看法對與不對。長輩的說法你不一定贊同，可以追問，但不能反駁，否則人家嫌你煩，就不教你。

慢慢地，你就學會看人了，之中你一定會受到種種的創傷，當成交學費，不必自艾自怨。

兩邊腮骨突出來的，所謂的反腮，是危險的人，把你吃光了骨頭也不吐出來。以前我不相信，後來看得多，綜合起來，發現比率上壞的實在占多。

說話時只見口中下面的一排牙齒，這種人也多數不可靠，臺灣的陳水扁，就是一個例子。

一眼看下去像一個豬頭，這種人不一定壞，但大有可能是愚蠢的、怕事的、不負責任的，香港的馬時亨，就是一個例子。

從不見笑容，眼睛像兀鷹一樣的，陰險得很，伊拉克的海珊、德國的希特勒，都是例子。

什麼時候學會看人，年紀大了自然懂得。當你畢業時，照照鏡子，看到一隻老狐狸。

我就是一個例子。

春夢

許多男人的願望，都是只要有一天，我能和八卦雜誌封面的那個女明星睡覺的話，發達囉！

當然，這個願望很難達成。

香港有幾百萬臭男人，明星不到一百名，和她們上床的或然率，只比中六合彩稍高。你要是能夠那麼想，就不會傷心。

想想是可以的，反正不花錢。

不過，如果你變成那個白馬王子的話，那麼你便知道明星也是人，她們都有一般女人的缺點。

大哺乳動物可能是你第一個選擇，她們也不是個個四肢發達，頭腦簡單的。聰明的也有，精到什麼東西也和你斤斤計較，算得你連渣也不剩，看你還花得起興趣嗎？就算你說：「管他媽的，老子什麼都給。只要大，就行了。」

大哺乳動物可能不但胸部大，其他什麼都大，你看看自己渺小的傢伙，想一想：

「事後一定給她們笑。」

也就雙重垂首。

「羞答答地，天真少女型的比較好。」你說。但是一接觸，你可能發現她們什麼都怕：怕老、怕肥、怕錢少。拚命把種種稀奇古怪化妝品往臉上塗。叫了魚翅燕窩之後只吃一口就放下。「明天生日你買什麼給我？最好是一輛 JAGUAR，BMW 也不錯。」而且還天天生日。她們對物質的慾望，比你想和她們睡覺更強。

「那個成熟型的最合我胃口。」你說。是的，萬一你有機會，她們上床前多數要把所有的燈都關上，你才不會看到她小腹上的皺紋。但是，黑漆漆的，明星和中國城的徐娘，並無兩樣。

唉，你嘆息：「不管你怎麼說，我還是要試一試。可惜我不是有錢人，要是老爸是什麼富商名流，我便變成什麼公子了。找幾個明星去舞會，登在八卦雜誌上，威一威風也好。」

請你別想得那麼多了。如果靠和小明星談戀愛，才能出風頭成為什麼公子的，好極有限。你比他們好，至少幾個錢是靠自己雙手掙回來的。

想到這裡，你會發現，身邊的那個阿芳、阿珍，真可愛。

洩慾工具

女人常在做完愛後問男的：「你是不是把我當成洩慾工具？」

男人啼笑皆非，心想回答：「是的。妳不是自己也洩了嗎？」

「不，我喜歡妳才和妳做這件事的。」男人為了逃避，只有撒謊。

「只是喜歡？」女的追問。

男人更尷尬，忙搖頭：「愛。」

女的滿足了，男的鬆一口氣，即刻穿衣服。

「你每次做完了就趕著要走，那不是當我是洩慾工具是什麼？」女的不放過男的。

「天！」男人只好放下領帶，再抱女的一下。

在她的背後，男的偷偷看錶。但略為一動，即被察覺，女的生氣：「走就走吧，不必那麼假。」

男的並不回嘴，他一味想著：「下次戴錶的時候，一定要把錶翻到腕背，偷看時才不會穿幫。」

今後，男的扮成很忙很忙，等到幽會的時候，忽然，男人並不和女的做愛。

「你再也不喜歡我了？」女的詫異。

「不，不。我根本沒有時間。」男的回答。

「那麼匆忙？」

「能夠看看妳，和妳聊兩句，已經滿足。」

女的送上吻，心想：「他真好。絕對不是把我當成洩慾工具。」

下次幽會，還是說成很忙很忙。做完愛後，女的幫男的穿上西裝：「你快點走吧，不然趕不及開會的。」

智慧，是從失敗中獲取的。

男人並非沒良心，他對這個女的的確存有愛意，他急著要走，是他沒有告訴他太太。愈快離開，騙局愈不容易被拆穿。

好男人到了中年，還沒結婚的話，不是個性孤僻就是搞同性戀。未婚的男人當然可以陪女的到天亮，懷疑是否為洩慾工具的問題就不存在了。

要是男的不認為這個女人值得去愛，也不會硬著頭皮玩這個危險的遊戲。雙方都是思想成熟的人，大家都知道自己在做些什麼。

現實生活中的偷情，名副其實地「緊張、刺激、香豔、肉感」，絕非電影廣告。

大家盡情地享受，鬆弛一下神經，對身心都有幫助，是減少壓力的最佳辦法。快快樂樂多好，千萬別再發問：「你是不是把我當成洩慾工具？」

女人想想，這話也對，就換另一個問題：「你認為我是不是很胖？」

「不，不，我就是喜歡妳的身材。」男的回答。

女的又生氣了：「你永遠不說真話！」

男的支吾：「也……也許，不穿白……白色的，換條黑褲襪，可……可能腿看起來更瘦一點！」

「哇！你罵我是肥婆！」女的大哭出來。

男人再也不敢開口，瞪著眼，望著前面的空間發呆。

「你到底在想些什麼？」女的不饒人。

男人在這個時候也許想的只是一碗餛飩麵。或者，他在想，南非隊對澳洲隊，哪一隊打贏？

如果把真話告訴了女人，她們一定輕視這男人。

「我這麼好，我這麼漂亮，為什麼你想的不是我呢？」女人心中悲憤。

男人和女人根本就不是相同的動物。

女人喜歡不作聲，作愈想愈生氣狀，她們假設繼續生氣下去，男人便會來安慰她，問她說：「妳到底是想些什麼？」

這時，她可以把胸中的話完全地傾訴，消掉這心頭的大石。

所以，女人以為男人也是同樣的，便順其自然地：「你到底在想些什麼？」

要是你，你敢說你在想一碗餛飩麵嗎？

男人的眼睛轉了又轉，他準備回答：「好。妳要我說我正在想妳，好吧，就說吧。但是，慢點，她太了解我了，我這麼一說，她一定知道我在騙她……」

結果，男的什麼都說不出。吻額、吻頸、吻肩、吻乳房，和對方又來一次，總比說什麼話都好。

完事，抽根菸，快活似神仙。這時，女人又問：「我們在一起，你是不是覺得幸福？」

毛孔即刻發脹，全身癱瘓。

「幸福」這兩個字聽起來像「死亡」。

男人對這些問題是永遠回答不出的，他們不知道女人問這問題的目的在哪裡？

跟著，女人問：「你對我是不是當真的？」
男人想回答：「當然囉，不然我怎會和妳在一起？」
女人即刻反應：「你和我在一起，不過把我當成洩慾工具！」
永遠的糾纏不清，那是女人的天性。做愛之前什麼都好，做完後什麼都覺得煩，這是男人的天性。
互相了解，無往不利。

開始

香港的特點之一，是女人很強，很強。

政府機構、各大公司，都有以女人為首的職位。在街上，看到女人對男子呼呼喝喝的例子也不少。

如果你不相信的話，來香港看了，再把這裡的女人和世界上的一比，就知道她們的厲害，我想全世界女權的高漲，除了美國之外，就是香港了。

但是，很奇怪地，這些所謂的女強人，身體一點也不強，她們經常昏倒，也許是減肥減出來的毛病，但多數是沒病也說病，頭腦有點問題。

許多大公司的人事部經理都向我講過，職員們請病假，女的比男的多，我同情地說也許每個月總有幾天不舒服的，他們回答絕對不是因為那件事，市面上的藥品買個不完，病假的原因根本不告訴你。

美國女人又粗又大了，不去比了，只可和我們周圍地方的較量一下。有一次去內地參加一個工廠開幕儀式，那邊流行請幾個穿旗袍的女人來陪襯。我們乘的是一輛麵包車，那批女的沒交通工具，也擠了進來。

忽然，一下子煞車，站著的女人跌得七顛八倒。如果在香港的話是大件事，即刻要到醫院驗傷，看後頸骨有沒折斷，但是大陸女人若無其事站起來，拍拍身上的灰塵，繼續上路。

以前有一隊人從日本來拍旅遊節目，導演是個女的，幫忙攝影師抬著沉甸甸的三腳架和電池，肩部差點凹了進去，也毫不在乎。

韓國女人更是刻苦耐勞，粗重的事由她們來做，從不抱怨。

香港女人只會請菲律賓家政助理，平時在公司罵慣男同事，回家又有老公訓練，虐待菲傭是拿手好戲。有時看到家政助理的大報復，總覺得有因才有果，不太同情香港女人。

把頭埋在剛強男人的懷裡，讓男人輕撫妳的長髮吧！

學做一個女人，是一個好的開始。

健忘的女人

我不是一個好男人。

但是，我喜歡女人，欣賞女人，擁有此種資格，才能數女人的缺點。

香港女人，已愈來愈不像女人，因為她們要扮男人。另一個原因，是她們給男人寵壞了。

最常見的例子是她們穿起褲子來，著裙的女人，已愈來愈少。旗袍，更已絕跡。剪男人頭、穿西裝的女人不斷地出現，她們以女強人姿態，入侵辦公室，搶男人飯碗；她們在商界出現，甚至攻進市政廳立法局行政院。她們拒絕做家務，寧願花掉所有的收入請一個菲傭，也要拋頭露臉。

應該受保護的不是什麼珍禽異獸，而是女人這種雌性動物，恐怕今後只能在人文博物館中才能見到。

香港女人從小就幻想把初夜權送給丈夫，有如一件寶貝。但多數在什麼節日中，像中秋月餅一樣，糊裡糊塗給人吃掉。如果不是擔心一早喪失，便是緊張什麼時候才能喪失。顧慮一早喪失後有很多人想要，但是更恐怕太遲喪失沒有人要。矛盾之極，已至絕頂。

從學校出來之後，她們已經不受父母的管束，自己搬出來住，以為這樣就可以自由自在地大玩特玩。但她們又發覺事實並非如此，沒有多少個男伴上門，所以星期天還是請雙親和兄弟姐妹飲茶，並不是因為孝順及宅在家，是因為沒地方去。

租的地方像一個鳥巢，偶爾有男友進門，她們一定把臥房關得緊緊，只讓他在客廳坐。當然在床上做愛比沙發舒服，但是房間裡亂七八糟，床單已有十四天沒換，幾十瓶化妝品堆滿浴室，地板上盡是餅乾屑和巧克力包裝紙。

終於，她們結婚了。終於，她們有了孩子。

人類有個神話：懷孕中的女人最漂亮。

這個謊言騙了男人很久。其實大肚子女人一坐下來雙腿張開，雙膝浮腫。乳房雖然脹大，但給肚皮一比，還是那麼小。當今她們思想進步，可以讓丈夫進醫院看她們生子，拚命叫喊，目的是要男人多點內疚。

孩子生下，她們捏捏睡著的嬰兒，看他們醒了沒有，又將家裡的東西完全消毒，最好連丈夫也噴些殺蟲水。

也有一些未婚媽媽。

做未婚媽媽的要有錢才行。窮女人是不能瀟灑地走一趟的，不然她們留在家裡看孩子的話，就會被人說沒有收入，絕對是讓人養；出去外頭做事的話，就會給人說不盡做母親的責任。豬八戒照鏡子，兩頭不是人。

做單身貴族的女強人，周圍男子看不上眼，可以上床的那些一定有太太。女強人做不成，偷偷地當情婦了。

「他老婆不了解他。」

「她長得太醜了。」

女人說。但當她們在美容院遇上了那人的太太，即刻自慚形穢，安慰自己：「他喜歡我，因為我有腦筋。」

今後情婦的生涯包括了午餐後的幽會，或者偶爾的一夜的性愛。男人一邊做一邊看錶，一到十二點，像灰姑娘一樣衝出她的家門。

遇到聖誕節和其他公眾假期，女人又得和家人飲茶去。女人又說：「不必羨慕那些結過婚的女人，她們遲早完蛋。」

果然如此，離婚後，女強人出現在公眾場合。身邊的男伴多數是同性戀者。運氣好的時候，碰到一個鑽石王老五，但他們認定她馬上到手。如果當晚不上床，下次就沒有電話來了。

未嫁女強人愈想愈氣：「世上就是那麼不公平，有些人還嫁了幾次，怎麼我們一個機會也沒有？」

原因很簡單，因為她們不照鏡子。

像塗灰水地把整個臉換掉，她們照樣把口畫得大大的。這也不奇怪，她們只有靠這把口了：「上個禮拜我上去的時候，坐在魯平的旁邊。」

把自己身分提得愈高，愈是嫁不出去。跟著便是亂發脾氣，專挑辦公室小弟來罵了。嘴邊無毛的小廝待她一轉頭，掩著嘴笑：「更年期！」

生育年齡過後，對性事的要求減少，所交的盡是一群和她們同年紀的老太婆了。

老女人生活在一塊兒並不是她們志同道合，通常是互相殘殺，不然便花所有時間去欺負她們的菲傭。如果經濟情況沒那麼好，便欺負她們養的寵物。因為女人有統治的天性，一切要經過她們管轄，才能瞑目而去。一家人最大的不是祖母，便是母親，男人不跟她們爭，因為男人已經疲倦了。

女人做盡壞事，但她們健忘，瞪大了眼睛：「我講過嗎？」

女人最後的缺點，是數男人的缺點。

「這篇文章，也從頭到尾數女人的缺點。你也不見得是一個好男人。」女人說。

我懶洋洋地：「看第一句吧。」

女人又瞪大了眼睛：「我看過嗎？」

嬾

「懶字怎麼寫？」女人問。

我下筆：「嬾。」

「我記起來了，」女人邊看邊皺眉頭：「不過不是從心字旁嗎？你怎麼寫成女字邊了？你這個人，太喜歡開女人玩笑了，討厭。」

請查古字典吧，懶字最初的確是從女的，聰明的造字者，老早已經知道女人生性是懶的。

女人懶起來，的確是天下恐怖事：不愛洗頭、不勤修甲，連洗澡也免了。所以男人只有發明香水讓她們用。

在家裡住的時候，有母親菲傭代她們整理一下，女人一獨居，所有毛病完全暴露出來。

看女人，由她們的家開始。

千多兩千呎的地方，一進門口，擺了數十對鞋子。她們出去的時候轉個身來穿，因為她們穿鞋之後絕對不會把鞋子向外擺。

那幾十雙鞋，從來不擦，輪流著穿，選一對外表還乾淨的，襯不襯衣服的顏色，已不重要。

最後，看見所有鞋子都蒙上一層灰，只有先穿左腳，用右腳的襪子揩一揩左邊的鞋之後，脫了，依樣畫葫蘆地穿了右邊的鞋子，用左腳的襪子揩一揩右邊的鞋子，才輕輕鬆鬆地吹著口哨走出去。

大廳的沙發上掛著她們的胸罩。

還有許多意想不到的東西：加菲貓（這麼大了還玩？）、老人牌剃刀（用來刮腿毛的？）、印著標誌的日本浴衣（什麼酒店的順手牽羊？）、一捲打開了的無印良品衛生紙（代替Kleenex面紙？）、菸斗（哪個男人留下的？）、幾冊《中華英雄》（原來喜歡暴力？）。唉，還有一根已經壞了的長形按摩器（是打……？）。

「坐呀，坐呀！」女人截斷了我的思潮。

怎麼坐？簡直沒有地方坐。用腳挪開地上的巧克力包裝紙。再學游泳健將雙手一撥，才能坐下。

「我先沖個涼，你自己到廚房去找點東西喝。」女人說完躲入臥室。

水槽中已堆滿了油膩的碗碟，水龍頭沒關緊，一滴一滴地淌。

打開冰箱，哪裡有什麼東西喝？除了半片吃不完的 pizza，就是一盒由老正興打包回來的鍋貼，已經比石頭還硬。

剩下來的有大量大瓶小瓶的東西，但卻不能吃。是用一次就擺下的化妝品。

其後只有看中架子上半瓶煮菜用的花雕，聞一聞，尚未有異味，一口乾了。

女人由臥室中出來，一看四周，笑道：「從前一聽到男朋友來坐，即刻整理老半天，還買了一個大箱子，準備將所有的東西塞進去，搬來這裡的時候才把那個箱子丟掉。」

「那妳聽到我來為什麼不整理？」心裡不服，舉手抗議。

「結果還不是照樣看也不看即刻上床？」女人咭咭地：「而且，現在公司裡管幾十個人，那麼忙，哪裡有空做家務？」

「請菲傭呀！」我說。

「試過啦，她比我還懶。」她又笑了：「問這麼多幹什麼？來！」

做這件事，她一反常態地敏捷和勤快。

走入閨房，呀哎哎，在地上發現了嘆為觀止的奇怪現象。

地毯上是兩團兩團相連著的東西，原來是她的褲子，脫了下來就原封不動地擺著，出門的時候雙腳一伸，拉了上來便能穿上。虧她們想得出來，實在應該得個諾貝爾獎。當然不是天下烏鴉一般黑。女人不懶的話，便是打理得一塵不染，你吸一口菸，她換一次菸灰缸，弄得我們也神經質起來。最後周公之禮前，也要用酒精幫你消毒一下才進行。

不過懶惰是有條件的。懶惰的醜陋八婆，不能饒恕。只有美女才有資格懶惰。認識一些永遠不夠睡的美人，她們覺得太熱才肯起來，身上帶了汗珠，用略為浮腫的嘴唇說：「請你替我拿條濕毛巾來好嗎？」

接著她們把頭髮往後一撥，用左手抓住，右手輕輕地擦一擦粉頸，指一指雪白的胳肢窩。

「看些什麼？」她們媚笑：「有什麼好看？」

剛剛記得把口合起來時，她們把頭躺在你的大腿上，打了個哈欠：「噯，我只希望做愛完了睡覺，睡覺完了做愛，做愛完了睡覺……」

我沒有反對的理由。

一般來說，醜婦也好，美女也好，懶惰的女人身上有一個部位，不斷地動著。

你猜到了，就是她們的那把嘴。

「你說懶的古字原來是從女，但是為什麼後來又改成心字旁的呢？」女人問。

我也懶洋洋地：「因為老婆喋喋不休地抗議，造字者決定改為從心，因為他已經心灰意『懶』。」

單身女郎

妳說：「我是一個卅多歲的單身女郎，我並非獨身主義者，只是未遇到適合的對象。我覺得自己很正常，沒有俗人的老姑婆脾氣或怪行為。每次看到稱呼過了適婚年齡的女性『老處女』，就覺得是一種侮辱。為什麼男人遲婚理所當然，女人遲婚就受到閒言閒語？希望你能講講這問題。也希望大家不要侮辱我們。」

首先，要是妳在乎「俗人」講的，那麼妳自己也就是一個所謂的「俗人」，無藥可救。

思想上的自由，就是人生的自由，不管妳是未婚、已婚或遲婚。我行我素，又不妨礙到他人的行動或思想。妳是否單身，並不重要。哈哈，我變成什麼南宮夫人了，又像蹺起腳來收取五毛錢心理診斷費的史努比漫畫中的露西。

結婚或單身，只是一個概念的問題。相信許多已婚者沒有遵守過諾言，那和未婚有什麼分別？結了婚，並不表示他們有何特權。

我在外國遇見許多單身女郎，都超過所謂的適婚年齡，她們的社會已多見不怪，大家顧自己的事，所以沒有去講她們是什麼老處女老姑婆。

有時候，一些沒有麻煩的來往，一點健康的異性性行為，不應受到傳統的道德觀所限制，也不用有什麼所謂良心責備。只要不陷入不能自拔的幻想戀愛中。性愛在現代，也常是互相認識的開始。

偶然的同性相戀也是好事，因為這只是另一種手淫。以前，大人騙我們什麼一滴精一滴血，不是被現代的醫者所推翻了嗎？道德觀念是隨時代改變，目前自瀆已不是大件事。以後，間中的同性戀也會被同情的。我再三的說過，不反對同性戀，只反對過分的寂寞。

我想，單身女郎和孤獨男性都是很正常。是否是你們對自己發生了疑問？心中想結婚，這也正常，正如許多已婚的人想變成未婚、沒有孩子的人想生、有幾個的人後悔。這都是對自己得不到的東西的好奇心。

心中的疑難，自己去求答案。想通了，我是我，管什麼他人的娘親？

給老姑婆的忠告

曾在網上看到一篇〈無價的忠告〉，是寫給老姑婆看的，試譯如下。

一、拋開不重要的號碼，這包括妳的年齡、體重、身高和三圍。讓醫生替妳擔心這些數字吧！不然付錢給他們幹什麼？

二、盡量和別的八婆交朋友，太過正經的會把妳悶死，在妳還沒有悶死之前。找不到朋友的話，可以找精神分析醫生。

三、不停學習，學電腦、學插花、學陶藝、學茶道，學任何妳有興趣的東西。外國有一句老話說：一個空閒的腦，是魔鬼的工作室。而這個魔鬼時常化名為老人癡呆症。

四、享受簡單的生活，這包括睡午覺、一整天不做事，只是躺在沙發上看電視，連遙控也懶得按。

五、多笑笑，笑得大大聲也不要緊，反正妳房間沒人可吵。妳的鄰居，只當妳是瘋婆罷了。

六、凡事遇到悲哀，大哭一場好了，反正妳房間沒人可吵。妳的鄰居當妳是瘋婆，也慣了。

七、盡量接觸妳喜愛的東西，這包括妳的寵物。如果妳養的是一隻母狗，那麼替牠找一隻公的，別讓牠像妳一樣變成一個老姑婆。

八、注意妳的健康狀態：如果是好的，盡量保持；要是不安定，盡早去找醫生，包括那個整容的。別以為整身生這個生那個，妳的身體沒有癌症，是妳的腦筋有問題。

九、有什麼就吃什麼吧！這是老姑婆的專利。胖了又如何？反正沒人要，不要存一線希望而去減肥，那多痛苦！

十、別迷信靈和慾不可分開。有機會搞一夜情的話，總比用按摩棒快樂得多。

情婦與太太

男人喜歡情婦，多過愛自己的太太，是天公地道的事。

為什麼？

任何事都能成為說明的例子：我們忽然想上名餐廳，老婆說還是在家裡吃吃算了；我們要買一樣貴的東西送給太太，她們直搖頭說花那麼多錢幹什麼？情婦絕對沒有這種對白，多多益善。老婆們一生一世也追隨不上。

結婚前，男的常常帶女友在沙灘上散步，結婚後，妻子問：「為什麼你不再帶我到海邊去走走？」

「走得滿鞋是沙，很不舒服的。」丈夫一面看電視一面回答。這是男人該死之處。

最理想的太太是什麼？已經有人回答：「在人家面前是淑女，在廚房是個大師傅，在床上是個娼婦。」那麼，最理想的先生又是什麼？

在外面是個銀行家，在客廳是彈一手好鋼琴的大師。在床上是黃色電影的男主角。

其實，最好的先生，應該是丈夫和新情人的混合體。最好的太太，今天是妻子，明天是情婦。

狐狸精

狐狸精，是天下偉大的存在。

人類不可一日無此君，男人不用說，對於女人，狐狸精也是救世主。

最簡單的例子：男人一有了狐狸精，心中有愧，對家裡的老婆一定更好。

所有的八婆必然反對這個理論，但是照照鏡子，妳們和狐狸精最大的不同是——當狐狸精在喊：親愛的，我來了，我來了的時候，妳們瞪大了眼睛：喂，天花板的漆掉光了，快叫修理師傅來塗一塗。

聰明的女人，總會容忍老公在外面擁有的一兩隻狐狸精。男人卻是長不大的孩子，男人證明他們不老，這是唯一的辦法，他們終會像灰姑娘一樣十二點之前回家。

可愛的狐狸精，也絕對不會把男人由太太的懷裡搶走。整天對著同一個長不大的男人，那有多悶！

那麼那些搶別人老公的狐狸精呢？八婆問：她們會弄得男人家破人亡，身敗名裂的呀！

好狐狸精不會搶別人的老公，如果搶的話，她們已沒資格做狐狸精，她們又是一名悶死人的八婆。好的狐狸精不會弄到別人身敗名裂，窮光蛋對她們有什麼好處？好狐狸精舒舒服服地照顧男人，默默然地祝福他家中的太太。

狐狸精，是天下偉大的存在。

6
男人這樣讀女人

戀愛和婚姻

「戀愛好，還是婚姻好？」弟子問。

「當然是戀愛好。」

「真是甜蜜！」

「也真是痛苦！沒有了痛苦，就感覺不到甜蜜，這是代價。」

「這麼說，人生不是充滿了代價嗎？」

「所以我們把它說成因和果，有前因，必有後果，聽起來舒服一點，更接近宗教，雖然很玄，但也是事實。」

「難道結了婚之後，兩人就不能戀愛嗎？」

「可以繼續戀愛，但不限制於傳宗接代，只要雙方在思想上都在進步，就能戀愛。單方面停止進步，那麼只剩下溫情，剩下互相的關懷而已。」

「關懷不是一件好事嗎？」

「太多的關懷，變成一種負擔。人是一個個體，大家都有照顧自己的一套，不必旁人指導。關心，像問候一樣，講太多次就覺得很煩。」

「戀愛中的男女，享受的就是這些呀。」

「對，所以說戀愛比結婚好。沒結婚之前，原諒對方的缺點。結了婚，就開始不客氣指責，不是一件好玩的事。」

「總要爭爭吵吵？怎麼避免？」

「可以從各自發展自己的興趣開始。」

「像一起打高爾夫球不可以嗎？」

「可以。不過最好是你打高爾夫，我做我的瑜伽，回家時把學到的東西分享。講這種事太遙遠了，你還是集中精神去戀愛吧。」

「暗戀一個人，怎麼辦？」

「千萬別暗戀，要明戀，暗戀對方不知道，沒有用。」

「但是說不出口呀！萬一對方不接受，又講給別人聽，不羞死人嗎？」

「你又有兩者兼得的毛病，煩惱就產生了。」

愛情和婚姻

很多年輕人問我：「愛情是怎麼一回事兒？」

我自己不懂，只有借用哲學家柏拉圖的答案了。有一天，柏拉圖問他的老師，愛情是什麼？怎麼找得到？

老師回答：「前面有一片很大的麥田，你向前走，不能走回頭，而且你只能摘一棵，要是你找到最金黃的麥穗，你就會找到愛情了。」

柏拉圖向前走，走了不久，折回頭來，兩手空空，什麼也摘不到。

老師問他：「你為什麼摘不到？」柏拉圖說：「因為只能摘一次，又不能折回頭。最金黃的麥穗倒是找到了，但是不知道前面有沒有更好的，所以沒摘。再往前走，看到的那些麥穗都沒有上一棵那麼好，結果什麼都摘不到。」

老師說：「這就是愛情了。」

又有一天，柏拉圖問他的老師，婚姻是什麼？怎麼能找到？

老師回答：「前面有一個很茂盛的森林，你向前走，不能走回頭。你只能砍一棵，如果你發現最高最大的樹，你就知道什麼是婚姻了。」

柏拉圖向前走，走了不久，就砍了一棵樹回來了。

這棵樹並不茂盛，也不高大，是一棵普普通通的樹。

「你怎麼只找到這麼一棵普普通通的樹呢？」老師問他。

柏拉圖回答：「有了上一次的經驗，我走進森林走到一半，還是兩手空空。這時，我看到了這棵樹，覺得不是太差嘛，就把它砍了帶回來。免得錯過。」

老師回答：「這就是婚姻。」

道理

「說正經的，」整容醫生友人說：「嘴唇，是整張臉最性感的地方！」

「這話怎麼說？」我詫異。

「鼻子動也不動，眼睛跳個不停，只有嘴，不愛開口時就閉，笑時才張開，吃東西時動得最厲害，讓人聯想到性行為。」

嘩，我從來沒那麼去想，只讀過一篇文章，寫外星人都露下體走來走去，但是早晚戴口罩，原來外星人的器官長得和地球人類剛好相反。噫，到底是誰寫的？是不是我自己學習倪匡兄試作的科幻小說？

「那麼到底是不是愈厚愈好呢？」我問。

醫生說：「和厚薄無關。」

「你們拚命替女人把矽膠注射到嘴唇，還說和厚薄無關？」

「你沒有仔細去研究，就不懂得這個道理嘛。」醫生嘆息。

「好，好，你是專家，解釋來聽！」

醫生嗖的一聲，從褲袋中拉出一面鏡子，就像西部片牛仔拔槍一樣快：「你看看你自己的嘴唇，發現些什麼？」

我欣賞了自己一陣子：「發現些什麼？」

醫生又唉了一聲，好像在說這個人毫無救藥：「你沒看到你的上唇先是平的，中間凸了出來，下面再平下去嗎？」

給他一說，倒是真的。

「嘴唇完全是立體的！」醫生慷慨激昂地叫了出來：「中間凸出來的部分，有些人還是凸得尖尖的，那是多麼美的一種構造！」

看得老半天，還看不出是尖的。

「所以說，」醫生繼續：「整容只能打腫，不可以重現那個尖的部分。」

「你懂得這個道理，為什麼不告訴女人？」

醫生用手指噓嘴：「千萬不可，否則我們哪有生意做？這才是道理呀！」

原來如此，甘拜下風。

玻璃絲襪

提到絲襪，腦裡即刻聽到「噢，魯賓遜夫人，魯賓遜夫人，耶耶……」的《畢業生》那首主題曲，以及安妮·班克勞馥的腿。

玻璃絲襪其實是尼龍襪的代用名詞，原來用真絲襪做出來的襪子，在我們這一代是少見了，可悲。

女人身體中最性感的部分應該是腿部吧，每一節的曲線都不同。生著直溜溜的蘿蔔小腿的女人，美感就大打折扣，你看腿兒多重要。

為了強調它，絲襪的組織和顏色幫了不少忙。

粗織和白色的令腿部擴大，細紋和黑色的令腿部縮小。不同的絲襪也表現了女性的個性和情操：穿黑網絲襪的女人，給人一個容易和喜歡上床的念頭。

總覺得用分開的絲襪比較現在的「褲襪」誘人。褲襪不是褲又不是襪，像老太婆的衛生衣，脫起來把兩腿連住，絕不爽快。微妙的是分開絲襪必須用吊帶才高貴，以吊襪帶綑住就顯得下賤。

記得從前南洋天熱，絲襪還不普遍流行，剛出道來到有四季的地方，首先邂逅穿真絲黑襪女孩，當喝咖啡的時候，她雙腿交叉，嘶沙作響，直刺激大腦，還沒入門，已差點棄甲丟盔。

論性愛與麻將

三蘇（註9：高德雄，以三蘇為筆名撰寫「怪論」，以扭曲筆法評論新聞時事。）、哈公（註10：香港作家、電影編導、傳媒工作者，原名許國、許子賓。）過後，少人寫怪論，之前十三妹（註11：女作家，香港五、六〇年代第一個在報紙專欄上向讀者介紹什麼叫存在主義、佛洛依德、意識流小說的人。）也喜歡論這個論那個，但她比較正經，不像前兩位那麼過癮。今重讀彼等遺作，不禁技癢，抄襲一番，也來作怪論：

香港女人，為了面子，犧牲太大。她們的性生活異常的不健康，所謂不健康，不是生太多的子宮癌，而是性愛次數太少。

未婚老處女，絕對不是處女，都有過一兩次，但對手離去之後，工作以及怕別人背後罵，不敢去試。

其實此事普通得很，只是人類正常要求，雖然有什麼疱疹愛滋，只要對方穿雨衣，一點事也沒有。

問題是男的會不會纏上身，或自己會不會沉迷？人已長得那麼大了，應該有力量自制。

故性愛像打麻將，互相約好時間和地點，瀟灑地來個八圈，非常衛生，戰完回家睡覺，來得個舒服。

人生短短數十年，就此守那麼多年活寡，天下還有比這個更殘忍的事？選準對手，適可而止，娛樂性十足，唯一的不同，只麻將有輸有贏；而性愛，卻是永遠雙方都滿意。

外國女人談男人

雪兒：「一個女孩子可以一直等著一個適合她的男人出現，這不等於她不能和那些不適合她的男人先享受一下。」

諾參・艾芬：「在我看來，和男人結婚是一種基本上的要求。跟著的，和男人離婚，也是一種基本上的要求。」

謝莉・荷爾：「我媽媽說：如果要留住一個男人的話，那麼妳在廳中要做工人，在廚房中要做廚子，在臥室裡要做一個娼妓，我說：前兩個我可以用錢去請，最後那個我自己做。」

柴契爾夫人：「一個女人如果和男人是平等的話，那麼她一定已是高過男人一等了。」

梅・惠絲：「有兩種男人我都不會討厭——本地的，和外地的。」

羅蘭夫人：「我遇到的男人愈多，我愈喜歡狗了。」

嘉蒂・麗特：「男人像一盆盆栽，需要加肥料，才有感情。」

珍・曼菲：「男人是一個有兩隻腳，又有八隻手的怪物。」

柏・維莉：「妳第一次買屋子的時候，看看牆上的漆不錯，就買了。第二次買妳便要先查一查有沒有白蟻。找男人和買屋子是一樣的。」

黐線

打電話給朋友，先由一名接線生接通，不管三七二十一地交給朋友的私人秘書，再讓她決定要不要把電話轉給她們的老闆。

這個程序無可厚非，因為身兼要職的人到底是忙，要是整天不問清楚地接聽多個要來捐款或推銷某種貨品的電話，那倒是件煩事。

問題出在這些女秘書，她們的字典中好像沒有一個「請」字。

請等一下，變成「等等。」

請問是哪一位找他，都以「是誰」來代替。

發現香港的女孩子，愈來愈缺少教養。可能是因為以前此地的男人比女人多的關係，個個女的都被寵壞，以為非有她們男人找不到老婆。

所以，少女已不會用多樣化的詞眼，常常以「黐線」（註12：不是很重的罵人話，就是傻瓜，腦子有病的意思。）兩個字來表達一切。黐線啦，他不是那種人；黐線啦，誰和他去看電影；黐線啦，那種東西怎麼會好吃；黐線啦，我還沒有起身，等等等等。

掛在她們口上的都是黐線來，黐線去。把黐線兩個字拿掉，她們才真的黐線。再這樣下去，男人們都會被嚇走，上帝會罰她們做一個雙腿之間生了蜘蛛網的老處女。

寫於三八

三八婦女節，寫天下的雌性動物，莫過於由我最熟悉的香港女人開始。不必我來讚美她們，據跨國調查，香港女性自我評價甚高。在職的比率，也為亞洲女人之冠。我到過很多大機構去談生意，百多人的大堂之中，見到的幾乎是清一色的女性職員，男人為弱小的一撮。

與政府的政策也有關係，領導有方，從四萬開始，多少個部門的首長，都是女人。

定叫日本女子羨慕死了，湧到香港來求職的漸多。至少，她們看得出，在辦公室中，不用為男同事捧茶。

韓國女人反而不見，人口比率中壓倒性地雌多雄少，地位永不翻身地低微，故不作幻想，勇敢地接受事實。

臺灣的也不來香港，因為她們的社會已在改變，愈來愈像香港那樣地陰盛陽衰。從美國留學比較文學的女生在傳媒中勢力擴大，模仿洛杉磯的婦權運動，總有一天將男人統治。

香港女人不顧一切地出來做事，就算拿八千塊一個月的薪水，也請一個四千塊的菲律賓家政助理看孩子，自己不管家。那十八萬外勞，證實了她們說的關心家庭，是謊話。

有了職業，自信心遂強，是理所當然的事。比她們低級的男職員看在眼中，瞧她們不起，也跟著來。冰心（註13：中國作家，原名謝婉瑩，晚年被尊稱為「文壇祖母」。）所描寫的慈母，在香港，已經少之又少。

一般來說，她們怪身邊的男人太勤力掙錢，缺乏生活情趣，不夠運動型，太現實，常要占便宜，物質觀念太重，知識層面不廣博。最要命的是：他們太遷就女人。

這麼一說，男人一無是處，優點也變成缺點了，服侍女人也不是，不服侍也不是。像替洛杉磯女人開車門一樣，她們問道：「幹什麼，我自己不開？為什麼你要幫我？是不是歧視我們？」

別以為我對女人的觀點，是要她們在家裡做賢妻良母。出來做事的才有趣，她們見聞廣，話題變化多，愛得要死已來不及。收入最好是完全由她們負責，我們像峇里島的男子，耳邊插一朵花，整天雕刻木像，閒時鬥鬥雞。

我最反對的是香港女人，已經沒有了禮貌和教養。

「等等。」當你打電話找她們的同事時，一定用這兩個字來對付，永遠學不會說：「請等一下。」

當她們來找你，也不說：「某某先生在嗎？」劈頭一句地指名道姓：「你是某某？」

非親非故，香港女人有什麼資格那麼叫男人？

應付這些雌性，最過癮的莫過於倪匡兄。

有一個女記者打電話去舊金山：「你是倪匡？」

倪匡兄說：「唉呀，好可憐呀。」

「可憐什麼？」女的詫異。

「可憐妳的父母早死。」

「我爸爸媽媽還活生生的。」女的說。

倪匡兄懶洋洋地：「是嗎？奇怪囉。要不是早死，怎麼妳一點教養也沒有呢？」

那份跨國報告中還說，亞洲女性之中，最多香港女人認為自己體貼和關心他人，比其他地區的女性更願意為愛情犧牲。

哈哈哈哈，不是認為，是以為。

體貼那兩個字反過來用，整天想買名牌來「貼體」倒是真的。關心他人？連自己的兒女也要菲律賓家政員照顧，偶爾望一眼，就叫關心？關心他人？關心他人的工作能力，會不會超越自己！關心身邊的男人，錢賺得夠不夠！為他人犧牲？爬在他人頭上已經來不及了。犧牲這兩個字怎麼寫的？香港女人不懂。

當然，也有例外，在你寫文章罵女人的時候，永遠要記得說當然也有例外，那些以為是體貼、關心、為他人犧牲的女人都認為自己是例外，才無從生氣，也不會收到許多無聊的反擊來信。

也許說得過分一點了，我不能一棍子打翻一條船。我的運氣比較好，認識了許多的確是溫柔和可愛的香港女人。相信男讀者們的命也不錯，不然怎敢娶老婆？你們家裡的，都是例外。

沒有家教，不能怪父母，自己可以學回來。事實愈成功的女人，愈有禮貌，難道妳們不想出人頭地？

我們阻擋不了香港女人看輕男性，但我們至少可以要求她們懂得什麼是教養和禮貌。

在做事當中，認識了對方，戀愛結婚生子，後來辭職做家庭主婦的香港女人占了大部分。先進國家也是這樣的，這些太太們做好家務，閒時修心養性，學習些小情趣自娛。要不然就是找一件有意義的事去幹，像環保、醫療服務、反地雷、禁虐畜等等，數之不盡。

不單單是求神拜佛的，不單單是教兒子給人家請客時叫星斑鮑魚的，不單單是妄想式地搬弄是非的，不單單是以統治男人作為人生目的的。

要不然，就算是不必處方箋就能隨街買到威而鋼，也沒用。

香港女人還有一個專長，那就是喋喋不休地洗先生的腦，你要休息時，就來搞你，搞了整夜不疲倦，因為，當你上班時，她們可以睡覺。

讓她們當家吧！

一位報館的女記者打電話來問我：「對三八婦女節，你有什麼看法？」

我第一個反應是：「那麼我們四月九日，也應該來一個男人節呀！」

既然大家都喊著要平等，為什麼女人一擁有，就不管男人呢？

不過有些女人連婦女節也不要，她們覺得這是男人施捨的。婦女也是人呀，為什麼要特別給一個節日呢？是不是因為沒有地位才弄這麼一個日子來慶祝？別以為這是說笑，你試試看給美國女人一個三八，她們一定找律師告你性別歧視！

美國女人的自卑感已經發揚到最高地步了，她們相反地自大起來，男人要是替她們開車們，點香菸，都是對她們一個極大的侮辱。

從六〇年代火燒奶罩至今四十多年，她們變本加厲地大聲嘶叫要平等，目的達到了，產生的是對男性的性騷擾。流行包二公，已是不久將來的事。

好呀，男人說，妳們去做工養家，孩子由我們帶好了，天天看電視，洋芋片碎屑吃得整個沙發都是，閒哉悠哉，離婚時財產分一半來，何樂而不為？

要是一個男人在性的方面滿足不了女人，那麼讓她們多幾個丈夫，也樂得安靜。別受什麼道德傳統的觀念束縛，看開了，也不過是那麼一回兒事，妳們要多幾個男人就多幾個男人，只要家用不減少，管你那麼多！

最好是像峇里島一樣，女人耕田，男人鬥雞，把田中的泥土挖出來塑形，讓太陽一曬，變成石頭一般硬的雕刻藝術品。閒時還把一大朵紅色的雞冠花摘下來插在耳朵旁邊，漂亮到極點。

要不然就學新疆的男人，四個共侍一妻，一個負責搭帳篷、一個牧羊、一個煮菜、一個唸經。等輪到值班才上床，一個星期一次，也和大都市的中年男人次數一樣呀。

愈想愈樂，是的，最好是我們不用為了生活而奔波，每天在家燒燒菜，反正這是男人的拿手好戲，試問世界名廚，有幾個是女的？

養小孩倒是要從頭學起，討厭的小鬼，愈理他愈哭得厲害，把他扔在一邊算了，粗生粗養地，還不是照樣長大。我們的父母一生就是一群，個個都活了下來，何時煩到他們老人家？

洗衣服燙衣服也不好做，可以在買菜時撈撈油水，把剩下的錢付給洗衣店，讓他們搞定。

最好的辦法是向老婆大人說：「呀，隔壁那個護士王先生也請了一個菲律賓女傭，妳為什麼那麼不爭氣？」

好，女傭一來，什麼都交給她去做，又可以躺下來看電視吃洋芋片了。

要是女傭長得不太難看的話，乘太太不在，來個一兩下子，反正當先生公幹時，有些太太偷過司機，為什麼我們不能偷女傭？

連續劇中出現了女強人和男同事有一手，啊，不得了，要是有一天被老婆拋棄怎麼辦？好，打個電話到公司突擊一下：「喂，妳在哪裡？」

今天沒事，做什麼好呢？隔壁王先生來電話，已湊足賣保險的李先生和做公關的梁先生兩隻腳，就來一場臺灣牌吧，打個電話到公司，說今晚不回來吃飯了，老婆聽了一定大樂，她可以去滾了。

打牌之間，聽到公關梁先生說：「美美理髮店那個女的不錯！」下次一定要去試試，和這行業的女子鬼混最安全不過了，又不上身，做完後送她一點禮物，她們已經滿足。

賣保險的李先生同行一位經理江小姐，人長得高大，找她買保險，見多幾次，混熟了，聽說也可以免費服務的。不過不要錢的最好別碰，萬一對方對我們產生感情纏上身，不是好玩的，還是那個理髮妹好。不玩白不玩，你以為太太們整天上美容院，還不玩的嗎？是，是，是，王先生、梁先生和李先生都贊同。

打了整晚牌，疲倦得要死，想到回家還要交貨，快點買包阿斯匹靈假裝頭痛吧。

看老婆睡得像死豬那樣子，不知道是去哪裡搞完才回來，聞聞她身上有沒有鬍後水的味道。

把她吵醒，要她買輛汽車給你：

「買一架粉紅色的好不好？」「好。」老婆說。

「為什麼我說什麼妳都說好？」「那麼買一輛黑色的吧。」

「不，黑色是死人色，不吉祥。」「那麼買一輛藍色的。」

「為什麼藍色？妳喜歡藍色有什麼特別的意義？」

「沒有呀，什麼顏色都好嘛。」

「妳這個人做什麼事都沒主張。」「你要問我的意見，我就說了，我不說，你又罵我沒主張，我給你搞昏了，你說什麼色就什麼色吧，求求你，讓我睡覺吧！」老婆投降。

看她那委屈樣，才有點滿足。

明天，去買一輛粉紅色的車。

國家圖書館出版品預行編目資料

這樣的女人可以愛，那樣的女人不能碰 / 蔡瀾著 .
-- 初版 .-- 臺北市：皇冠．2014.03
面；公分（皇冠叢書；第 4375 種）
（蔡瀾作品；01）
ISBN 978-957-33-3056-1（平裝）

855　　　103001668

皇冠叢書第 4375 種
蔡瀾作品 01
這樣的女人可以愛，
那樣的女人不能碰

作　　者—蔡瀾
發 行 人—平雲
出版發行—皇冠文化出版有限公司
台北市敦化北路 120 巷 50 號
電話◎ 02-27168888
郵撥帳號◎ 15261516 號
皇冠出版社（香港）有限公司
香港上環文咸東街 50 號寶恒商業中心
23 樓 2301-3 室
電話◎ 2529-1778　傳真◎ 2527-0904
責任主編—盧春旭
責任編輯—張懿祥
美術設計—程郁婷
著作完成日期— 2013 年 3 月
初版一刷日期— 2014 年 3 月

法律顧問—王惠光律師

讀者服務傳真專線◎ 02-27150507
電腦編號◎ 549001
ISBN ◎ 978-957-33-3056-1
Printed in Taiwan
本書定價◎新台幣 250 元 / 港幣 83 元

慶祝皇冠60週年，集滿5枚活動印花，即可免費兌換精美贈品！

參加辦法 即日起凡購買皇冠文化出版有限公司、平安文化有限公司、平裝本出版有限公司2014年一整年內所出版之新書，集滿**本頁右下角**活動印花5枚，貼在活動專用回函上寄回本公司，即可免費兌換精美贈品，還可參加最高獎金新台幣60萬元的回饋大抽獎！

●贈品剩餘數量請參考本活動官網（每週一固定更新）。●有部分新書恕未配合，請以各書書封（書腰）上的標示以及書內後扉頁是否附有活動說明和活動印花為準。●活動注意事項請參見本扉頁最後一頁。

活動期間 寄送回函有效期自即日起至2015年1月31日截止（以郵戳為憑）。

贈品寄送 2014年2月28日以前寄回回函的讀者，本公司將於3月1日起陸續寄出兌換的贈品；3月1日以後寄回回函的讀者，本公司則將於收到回函後14個工作天內寄出兌換的贈品。

●所有贈品數量有限，送完為止，請讀者務必填寫兌換優先順序，如遇贈品兌換完畢，本公司將依優先順序予以遞換。●如贈品兌換完畢，本公司有權更換其他贈品或停止兌換活動（請以本活動官網上的公告為準），但讀者寄回回函仍可參加抽獎活動。

兌換贈品

●圖為合成示意圖，贈品以實物為準。

A 名家金句紙膠帶

包含張愛玲「我們回不去了」、張小嫻「世上最遙遠的距離」、瓊瑤「我是一片雲」，作家親筆筆跡，三捲一組，每捲寬1.8cm、長10米，採用不殘膠環保材質，限量**1000**組。

B 名家手稿資料夾

包含張愛玲、三毛、瓊瑤、侯文詠、張曼娟、小野等名家手稿，六個一組，單層A4尺寸，環保PP材質，限量**800**組。

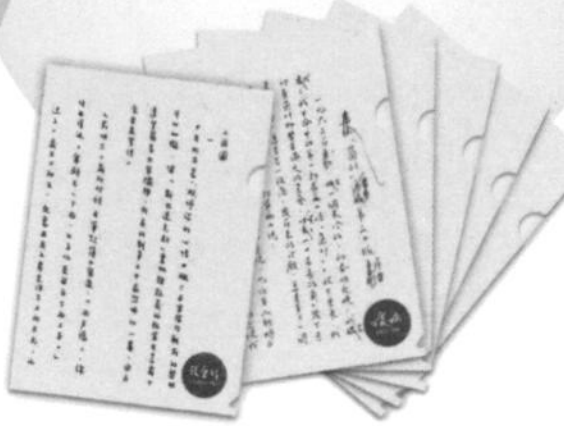

C 張愛玲繪圖手提書袋

H35cm×W25cm，棉布材質，限量**500**個。

詳細活動辦法請參見
www.crown.com.tw/60th

主辦：皇冠文化出版有限公司
協辦：平安文化有限公司 平裝本出版有限公司

60
印花

皇冠60週年集點暨抽獎活動專用回函

請將5枚印花剪下後，依序貼在下方的空格內，並填寫您的兌換優先順序，即可免費兌換贈品和參加最高獎金新台幣60萬元的回饋大抽獎。如遇贈品兌換完畢，我們將會依照您的優先順序遞換贈品。

●贈品剩餘數量請參考本活動官網（每週一固定更新）。所有贈品數量有限，送完為止。如贈品兌換完畢，本公司有權更換其他贈品或停止兌換活動（請以本活動官網上的公告為準），但讀者寄回回函仍可參加抽獎活動。

1. ________________ 2. ________________ 3. ________________

●請依您的兌換優先順序填寫所欲兌換贈品的英文字母代號。

1 2 3 4 5

□（**必須打勾始生效**）本人________________（**請簽名，必須簽名始生效**）同意皇冠60週年集點暨抽獎活動辦法和注意事項之各項規定，本人並同意皇冠文化集團得使用以下本人之個人資料建立該公司之讀者資料庫，以便寄送新書和活動相關資訊。

我的基本資料

姓名：________________

出生：________年________月________日　性別：□男　□女

身分證字號：________________（僅限抽獎核對身分使用）

職業：□學生　□軍公教　□工　□商　□服務業

□家管　□自由業　□其他

地址：□□□□□ ________________

____

電話：（家）________________（公司）________________

手機：________________

e-mail：________________

□我不願意收到皇冠文化集團的新書、活動edm或電子報。

●您所填寫之個人資料，依個人資料保護法之規定，本公司將對您的個人資料予以保密，並採取必要之安全措施以免資料外洩。本公司將使用您的個人資料建立讀者資料庫，做為寄送新書或活動相關資訊，以及與讀者連繫之用。您對於您的個人資料可隨時查詢、補充、更正，並得要求將您的個人資料刪除或停止使用。

皇冠60週年集點暨抽獎活動注意事項

1. 本活動僅限居住在台灣地區的讀者參加。皇冠文化集團和協力廠商、經銷商之所有員工及其親屬均不得參加本活動，否則如經查證屬實，即取消得獎資格，並應無條件繳回所有獎金和獎品。

2. 每位讀者兌換贈品的數量不限，但抽獎活動每位讀者以得一個獎項為限（以價值最高的獎品為準）。

3. 所有兌換贈品、抽獎獎品均不得要求更換、折兌現金或轉讓得獎資格。所有兌換贈品、抽獎獎品之規格、外觀均以實物為準，本公司保留更換其他贈品或獎品之權利。

4. 兌換贈品和參加抽獎的讀者請務必填寫真實姓名和正確聯絡資料，如填寫不實或資料不正確導致郵寄退件，即視同自動放棄兌換贈品，不再予以補寄；如本公司於得獎名單公佈後10日內無法聯絡上得獎者，即視同自動放棄得獎資格，本公司並得另行抽出得獎者遞補。

5. 60週年紀念大獎（獎金新台幣60萬元）之得獎者，須依法扣繳10%機會中獎所得稅。得獎者須本人親自至本公司領獎，並提供個人身分證明文件和相關購書發票（發票上須註明購買書名），經驗證無誤後方可領取獎金。無購書發票或發票上未註明購買書名者即視同自動放棄得獎資格，不得異議。

6. 抽獎活動之Deseno行李箱將由Deseno公司負責出貨，本公司無須另行徵求得獎者同意，即可將得獎者個人資料提供給Deseno公司寄送獎品。Deseno公司將於得獎名單公布後30個工作天內將獎品寄送至得獎者回函上所填寫之地址。

7. 讀者郵寄專用回函參加本活動須自行負擔郵資，如回函於郵寄過程中毀損或遺失，即喪失兌換贈品和參加抽獎的資格，本公司不會給予任何補償。

8. 兌換贈品均為限量之非賣品，受著作權法保護，嚴禁轉售。

9. 參加本活動之回函如所貼印花不足或填寫資料不全，即視同自動放棄兌換贈品和參加抽獎資格，本公司不會主動通知或退件。

10. 主辦單位保留修改本活動內容和辦法的權力。

寄件人：

地址：□□□□□

請貼郵票

10547 台北市敦化北路120巷50號

皇冠文化出版有限公司　收